참 좋은 당신을 만났습니다

네 번째

.

···고운 길을 닦는 사람들의 감동 에세이···

송정림 지음

참 좋은 당신을
만났습니다

네 번째

🌱 나무생각

차례

1장

나는 왕국에 들어서고 있다

2장

시간을 견뎌낸 것은 다 아름답다

3장

무거운 발걸음에 음표가 실리면

4장

잃은 것을 헤아리지 않는 인생 셈법

저희 큰오빠는 조카의 결혼식에서 축가를 부르기 전에 하객들을 향해 인사했습니다.

"참 좋은 당신을 만났습니다."

그러자 모두 미소를 지었습니다.

어머니에게 가서 안아드릴 때마다 고백합니다.

"참 좋은 당신을 만났습니다."

그러면 어머니는 아이처럼 웃습니다.

힘든 친구의 어깨를 두드리며 응원합니다.

"참 좋은 당신을 만났습니다."

친구의 얼굴이 화사해집니다.

이 책을 선물로 주면 사람들은 제목만 보고도 꽃다발을 받은 얼굴이 됩니다.

"참 좋은 당신을 만났습니다!"는 그렇게 당신을 향한 인사이고, 고백이며, 위로입니다.

친구들과 지인들이, 그리고 이미 《참 좋은 당신을 만났습니다》를 품에 안은 독자들이 이렇게 좋은 사람들이 세상에 있다고 저에게 알려줍니다. 그렇게 매일매일 참 좋은 당신이 제 마음에 찾아와주니 얼마나 감사한 일인지요.

공功은 타인에게 바치고 잘못은 자신에게 돌리는 사람.
일할 때는 부지런히 일하고, 쉴 때는 철저하게 휴식하는 사람.
열심히 일하고 난 뒤의 결과는 오직 신의 몫이라 여기며 오늘이라는 시간에 즐겁게 몰입하는 사람.
작게 가진 것을 큰 선물로 받아들이고 매 순간 고마워하는 사람.
타인을 배려하는 사람.
내가 가진 작은 힘으로 타인을 힘껏 돕는 사람.
기쁠 때보다 슬플 때 더 생각나는 사람.
언제나 그 자리에 있다는 것만으로도 나에게 힘이 되는 사람.

내어줌으로 충만하고, 기댐으로 편안한 사람.

혼자 살아갈 수 없는 인생에서 우리가 사는 일은 어쩌면, 그렇게 참 좋은 당신을 만나기 위한 여정인 듯합니다.

물질로 인한 웃음은 속으로 웃지만 사람으로 인한 웃음은 담벼락을 넘는다고 하지요. 난꽃의 향기, 난향은 천 리를 가지만 사람의 향기, 인향은 만 리를 간다고 했습니다. 사람과 사람과의 관계가 그만큼 값지다는 뜻입니다.

사람이 사람에게 위로받을 수 있다는 것은, 사람이 사람에게 기댈 수 있다는 것은, 사람이 사람을 사랑할 수 있다는 것은, 아니 사람이 사람을 만날 수 있다는 것만으로도 우리는 행복합니다.

저는 이미 제 인생에 약속했습니다.

목숨을 다하는 그날까지 참 좋은 당신을 찾는 일을 멈추지 않겠다고…….

이제 그 네 번째 기록을 당신에게 드립니다.

잘 보면 '내게로 오는 사람'이 보입니다.

'내가 다가가야 할 마음'이 보입니다.

같은 하늘 아래서 같은 계절을 맞이하고 같은 저녁을 맞이한다는 그 사실 하나만으로도 행복한 사람.

사소한 일상을 얘기하고 나눌 수 있는 사람.

참 좋은 당신, 정말 고맙습니다.

송정림

1장

나는 왕국에
들어서고 있다

가져갈 것이 없으니
밥 드시고 가세요

서울 봉천동의 가파른 언덕에 너무 오래돼서 다 쓰러져가는 2층 주택이 있습니다. 그곳에 70대 노교수가 홀로 된 90대 아버지와 단둘이 살아갑니다. 예전에는 부부가 같이 아버지를 모셔왔는데, 몇 해 전 아내가 세상을 떠나면서 이제 집에는 70대 아들과 90대 아버지, 두 노인만 남았습니다.

아버지는 당뇨 합병증 때문에 다리 수술을 받은 후 거동이 불편해서 걷지 못합니다. 치매 증세도 날로 심해져갑니다.

정년퇴임을 했지만 종종 학교에 나가서 강의를 하는 노교수가 어느 날 외출했다 돌아왔더니 집 안이 엉망이었습니다. 도둑이 들어다 뒤집어놓고 간 것이었습니다.

"아버지, 누가 왔다 갔어요?"

노교수가 물으니 아버지가 대답했습니다.

"네 동생 다녀갔어. 군대 갔다 왔단다."

아버지의 마음은, 작은아들이 제대해서 집에 들어서던 그 시절에 머물러 있었던 것입니다.

구순 노인이 혼자 집을 지키고 있는 것이 알려졌는지 그 후로도 도둑이 시도 때도 없이 들어오곤 했습니다. 가져갈 거라곤 오래된 책밖에 없는데 말입니다.

새해를 맞아 제자들이 노교수 댁에 세배를 드리러 갔습니다. 그런데 2층으로 올라가는 낡은 계단에 이런 쪽지가 붙어 있었습니다.

"평생 공부만 하는 가난한 선비 집이니 가져갈 게 없습니다. 들어오셨으면 밥이라도 드시고 가세요."

노교수는 오히려 훔쳐갈 게 없어서 미안한 마음이었습니다. 그래서 도둑이 들어오면 먹고 가라고 외출할 때마다 밥통에 따뜻한 밥을 지어놓았습니다.

문득 프랑스 고고학자인 테야르 드샤르댕의 말이 떠오릅니다.

"바람과 물의 힘, 중력의 힘을 이용한 다음에 언젠가는 우리가 '사랑의 힘'을 이용할 날이 올 것이다. 그날은 우리 인류가 세계사에서 두 번째로 불을 발명하는 날이 될 것이다."

나도
어미란다

　제자 순주는 교통사고로 아이를 갑자기 잃었습니다. 동네 슈퍼마켓에 아이스크림 사러 나간 아이는 영영 집에 돌아올 수 없었습니다. 이럴 수는 없다고 울부짖으며 한 달, 아이를 그렇게 보내고도 목숨을 부지하는 것이 징그럽게 느껴졌습니다. 순주는 아이 곁으로 떠나기로 결심했습니다. 그래서 극단의 방법을 선택했습니다.

　그러나 그것도 쉽지 않은 일이었는지 눈을 떠보니 병원이었고, 눈앞에 어른거리는 얼굴이 있었습니다. 어머니였습니다. 어머니가 순주를 애가 타게 지켜보고 있었습니다.

　어머니는 순주의 손을 부여잡고 기도문처럼 웅얼거렸습니다.

　"아이고 내 새끼, 고맙다, 고맙다, 살아줘서 고맙다……."

　그저 고맙다, 고맙다, 소리만 해대는 어머니 얼굴을 보았습니다. 입술이 하얗게 말라붙어 있었고 눈은 짓물러 있었습니다.

다시 까무룩 기절하듯 잠들었을 때 순주의 뇌리로 스쳐가는 영상들은 모두 어머니 얼굴이었습니다. 아이를 잃은 후 밥을 안 먹겠다는 순주에게 한 숟가락이라도 먹이려고 애쓰던 어머니 얼굴…….

어머니가 보약을 지어와 입에 넣으려고 하자 순주는 그 보약을 쳐내버렸습니다. 기도하는 어머니 앞에서 십자가를 떼어내 팽개쳐버렸습니다. 죽겠다고 스카프를 목에 걸고 틀어쥐는 것을 어머니가 말리자 세게 밀쳐내기도 했습니다. 그리고 독한 소리를 잘도 퍼부었습니다.

"다 필요 없어! 눈앞에서 사라져줘! 제발 날 혼자 내버려둬!"

"나를 왜 낳았어! 왜 낳아서 나를 이렇게 괴롭게 해!"

다시 정신을 차렸을 때, 다시 보이는 어머니의 애타는 얼굴…….

순주가 나직이 불렀습니다.

"엄마…….."

그제야 어머니의 눈물이 터졌습니다. 그동안 딸의 지독한 마음앓이를 받아내느라 울음도 참아야 했던 어머니의 눈에서 눈물이 홍수처럼 흘러내렸습니다.

어머니 품에 안길 때 순주는 시퍼렇게 멍이 들어 있는 어머니의 가슴을 보았습니다. 얼마나 주먹으로 가슴을 쳤을까요.

'나만 어미가 아니었구나…… 우리 엄마도 어미였구나……. 내가

겪은 이 아픔을 엄마도 겪고 있었구나…….'

퍼렇게 멍든 어머니 가슴에 얼굴을 묻으니 잠이 쏟아졌습니다.

"그래그래, 내 새끼. 한숨 자고 일어나면 나아질 거야."

어머니의 등 토닥거리는 소리에 순주는 깊은 잠 속으로 빠져들었습니다. 한숨 자고 나면 정말 다 좋아질 것 같았습니다.

퇴근 시간의
마중

　잘나가던 직장에서 근교의 공장 관리직으로 전보 발령을 받던 날, 아내는 많이 힘들어했습니다.

　낮에 출근해서 밤 11시까지 근무해야 하는데 집이 멀어서 퇴근이 문제였습니다. 게다가 세 살배기 아들은 엄마가 자장가를 들려줘야 잠이 드는데, 11시면 잠을 자야 하는 아이는 또 어떡해야 할지 눈앞이 캄캄했습니다. 직장을 그만둬야 하는 게 맞지만, 양가 부모님을 부양해야 하는 가정 형편상 그럴 수가 없었습니다.

　처음 출근하는 날, 무거운 발걸음을 옮겨 직장에 나갔습니다. 퇴근 시간이 가까워질수록 아이가 눈에 밟혀 미칠 것 같았습니다. 잠을 자야 하는데…… 내가 자장가를 불러줘야 잠드는데…….

　퇴근 시간이 되자마자 부랴부랴 회사를 나섰습니다. 깜깜해진 길을 걸어 정류장을 향해 급히 발걸음을 옮기는데, 클랙슨 소리가 울렸습니다. 빵빵!

놀라서 돌아봤더니 남편의 봉고차가 길가에 세워져 있었습니다. 작은 보습 학원을 운영하는 남편이 학생들을 하원시키는 봉고차였습니다.

운전석 뒤에는 세 살배기 아들이 초롱초롱한 눈망울로 유아용 카시트에 앉아 있었습니다.

"어서 타십시오, 사모님. 퇴근길 기사와 조수가 맘에 드십니까?"

마중 나온 남편과 아이를 보니 하루 동안의 시름이, 외지로 발령받은 억울함이 눈 녹듯 사라졌습니다.

집으로 가는 동안 아내는 아이를 토닥이며 자장가를 불러주었습니다. 아이는 쌔근쌔근 잠이 들었습니다. 집으로 가면서 하루 동안 있었던 일들을 도란도란 얘기하다 보니 어느새 집 앞이었습니다.

잠든 아이를 받아든 남편이 앞장서 집으로 들어가고 아내가 따라 들어갔습니다. 따스하게 불이 켜진 그들만의 따뜻한 집 안으로…….

이제 아내의 퇴근길은 하루 중에 가장 기다리는 행복한 시간이 되었습니다.

비 오는 날은 우산을 들고 기다리는 남편과 아이, 추운 날은 커피를 뽑아 들고 기다리는 남편과 아이, 더운 날은 에어컨을 틀어 시원하게 해놓고 기다리는 남편과 아이, 그들에게 달려가는 동안 따뜻하고 기분 좋은 바람이 먼저 마중 나와 나와 아내를 안아주었습니다.

언니들의
적금 통장

　대학병원에서 수간호사로 일하는 친구 순영은 가난한 농사꾼 집안의 다섯째 딸이었습니다. 찢어지게 가난한 데다가 다섯째 딸이라서 대학을 다니는 것은 엄두도 내지 못할 일이었습니다. 순영은 서울에 있는 대학에 합격을 했지만 기뻐하지도 못하고 속으로 끙끙 앓기만 했습니다.

　등록 마감일을 하루 앞둔 날, 현실을 원망하며 울고 있는 순영을 큰언니가 조용히 불렀습니다. 그리고 통장을 순영의 손에 쥐여주었습니다.

　"이거…… 언니들이 적금 통장 다 깨서 모은 거야."

　언니들이 농사일도 하고 남의 집에 가서 허드렛일도 하고 공장에도 나가 고생고생해서 모은 돈이었습니다. 순영은 그 통장을 차마 받아들지 못했습니다. 그러다가 큰언니가 등을 떠미는 바람에 통장을 들고 집을 나섰습니다.

버스를 탄 순영은 큰언니가 점 하나로 멀어져 안 보일 때까지 뒷좌석에 앉아 손을 흔들었습니다. 너무 고마우면 고맙다는 소리도 안 나오는 것인지 바보같이 울기만 했습니다.

맑은 날의 일은 그저 기억되지만 비 오고 흐린 날의 일은 추억으로 새겨집니다. 사람과 사람 사이도 맑은 날만 이어진다면 그 정이 깊지는 않을 것입니다. 그러나 힘든 일을 함께 겪는다면 그 정은 특별하고 깊고 단단해집니다.

이제 종합병원의 많은 간호사들을 진두지휘하는 멋진 수간호사가 된 순영은 그때 언니들이 건넸던 통장을 아직도 보관하고 있습니다. 그래서 나태해지려고 할 때마다, 포기하고 싶어질 때마다 누렇게 바랜 그 통장을 꺼내보곤 합니다.

자식 입에
들어가는 게 좋아서

지인의 아들은 꽃게탕을 좋아합니다. 같은 서울이지만 집이 학교와 워낙 멀어서 아들은 학교 앞에서 자취를 합니다. 아들이 집에 오는 날 꽃게탕을 끓여주었습니다. 얼마나 맛있게 먹는지 큰 찜통에 했는데 금세 바닥이 보였습니다. 아들 못지않게 꽃게탕을 좋아하는 남편은 아들이 너무 맛있게 먹자 차마 같이 먹지 못했습니다.

아들이 돌아가고 나서 아내는 다시 꽃게를 사왔습니다. 그리고 이번에는 남편만을 위해서 꽃게탕을 끓였습니다. 저녁 약속이 있어서 외출하는 길, 아내는 메모를 남겼습니다.

"아들 먹이느라 꽃게 구경도 못했죠? 당신만을 위한 꽃게탕이니 실컷 드세요."

아내가 집에 와보니 꽃게탕이 없었습니다. 남편이 맛있게 잘 먹었구나 싶어 흐뭇했습니다. 그런데 냄비도 보이지 않았습니다. 마침 현관문으로 들어서는 남편에게 물었습니다.

"꽃게탕 다 드신 거예요?"

그랬더니 남편이 말했습니다.

"아, 그거…… 아들 갖다 주고 오는 길이야."

남편은 꽃게탕을 보니 또 아들 생각이 났던 것입니다. 아들이 맛있게 먹을 것을 생각하니 차마 목구멍으로 넘어가지 않아서 그걸 냄비째 아들 자취방까지 가져다주고 온 것입니다. 그런 남편에게 아내는 눈을 흘겼습니다.

"당신 먹으라고 만들었는데……. 성의를 생각해서라도 당신이 먹지!"

잔소리를 하면서도 아내는 남편의 그 마음을 알 것 같았습니다. 내 입에 들어가는 것보다 자식 입에 들어가는 것이 천만 배 행복한 그 마음을……

이런
해후

친구 경애는 집수리를 하면서 오래된 가구들을 바꿨습니다. 안방 가구는 붙박이장으로 바꾸고 오래 써서 삐걱거리는 침대도 큰맘 먹고 바꿨습니다.

현관에 놓여 있던 콘솔도 바꾸고 싶었습니다. 그런데 붙박이장 애프터서비스를 하러 온 가구점 주인이 현관으로 들어서다가 그 콘솔을 보고 얼어붙은 듯 걸음을 멈췄습니다. 가구점 주인의 입에서 작은 감탄사가 터져 나왔습니다.

"이거…… 거울은 바꾸셨나 봐요."

"네, 맞아요. 어떻게 아세요?"

"30년 전에 제가 만든 겁니다."

그 말에 경애가 깜짝 놀라 되물었습니다.

"네? 이걸 사장님이 만드셨다고요?"

"네. 20대 초반에 가구 일을 처음 시작할 때 제가 디자인해서 직접 만든 겁니다. 그러니까 이게 제 첫 작품입니다."

그는 마치 오랜만에 첫사랑을 만난 사람처럼 상기된 얼굴로 물었습니다.

"처음에 달려 있던 거울은 어떻게 하셨어요?"

경애가 안방에 따로 둔 거울을 가져다 보여줬더니 가구점 주인이 눈시울을 붉혔습니다.

"아, 맞아요. 제가 만든 콘솔 맞습니다."

그는 한참이나 그 콘솔을 이리저리 쓸어보고 서랍도 열었다 닫았다 하며 그 앞에서 떠나지 못했습니다.

"이 콘솔, 며칠 밤을 지새우며 만든 거예요. 어디서 어떤 분과 인연을 맺고 있나 궁금했는데, 여기서 보다니……. 잘 사용해 주셔서 정말 감사합니다."

경애는 느꼈습니다. 사람과 사람 사이만이 아니라 사람과 사물 사이에도 인연이라는 것이 있구나, 사람에게만 사연이 있는 게 아니라 사물에게도 사연이 있구나…….

자신이 처음 만든 작품과 30년 만에 해후한 가구점 주인은 오래오래 그 콘솔을 어루만지다가 돌아갔습니다.

그가 가고 난 후 경애가 콘솔을 들여다보니 스무 살 청년이 거기 매달려 땀을 뻘뻘 흘리며 못질을 하고 페인트칠을 하는 장면이 그려졌습니다. 스무 살 청년의 꿈이, 첫 마음이, 영혼이 거기 들어가 있으니 콘솔이 달라 보였습니다. 도저히 그 콘솔을 버릴 수 없었습니다.

경애는 콘솔을 꼼꼼히 닦아 광을 냈습니다. 새로 들인 그 어떤 가구보다 아름다워진 콘솔은 지금도 경애네 집 현관에서 자태를 뽐내고 있습니다.

음악을 사랑하는 분한테는
돈을 받을 수 없어요

　형부의 독일 유학 시절, 언니와 형부는 차를 빌려서 이탈리아를 여행했습니다. 차 안에서 숙식을 다 해결하며 다니는 여행이었습니다. 그런데 이탈리아의 어느 시골길을 달리다가 차가 고장 나는 바람에 근처 정비소에 가야 했습니다.

　차를 수리하는 동안 언니는 차 안에 앉아 있다가, 무심코 라디오를 틀었습니다. 그때 라디오에서 오페라 '카르멘'의 〈투우사의 노래 Air De Toreador〉가 흘러나왔습니다. 그 노래를 여고 시절 응원가로 불렀던 기억이 난 언니는 저도 모르게 허밍으로 따라 불렀습니다.

　딴따라라 라라라라라…….

　정비사가 차를 수리하다가 눈을 동그랗게 뜨고는 언니를 봤습니다. 언니가 계속 노래를 따라 부르자 정비사는 흐뭇한 미소를 지었습니다.

수리가 다 끝난 후, 수리비가 얼마인지 물었습니다. 그런데 정비사가 말했습니다.

"공짜입니다."

놀라서 왜냐고 물으니, 그가 대답했습니다.

"음악을 사랑하는 분한테는 돈을 받을 수 없어요."

아무리 돈을 내려고 해도 한사코 돈을 받지 않았습니다. 덕분에 기분이 한껏 좋아진 언니는, 그것이야말로 음악이 이뤄낸 작은 기적이 아닐까 생각했습니다.

라이너 마리아 릴케는 〈음악에게 An die Musik〉라는 시에서 음악은 모든 언어가 끝나는 곳의 언어라고 말했습니다.

음악은 통역이 필요하지 않습니다. 그저 느끼면 됩니다.

음악이 있는 세상, 뭘 그리 슬퍼하나요?

음악이 흐르고 있다면 이곳이 천국인데요.

작은 사고는
일어날 수 있죠

친구 현주네 아파트는 주차장이 복잡해서 아침마다 출근할 때면 차를 빼는 데 어려움이 많습니다. 출근이 늦어진 어느 아침, 지각할까 봐 마음이 급했습니다. 황급히 차를 빼는데 차들이 복잡하게 세워져 있어서 옆 차의 백미러를 툭 치고 말았습니다.

아무것도 아닌 일로 삿대질을 하며 언성을 높이는 세상이니, 또 얼마나 트집을 잡을까 생각되어 눈앞이 캄캄했습니다. 차에 타고 있던 남자가 내렸고, 현주도 마음의 준비를 하며 차에서 내렸습니다. 가까이 가서 보니 백미러가 긁혀 있었습니다.

"정말 죄송합니다. 마음이 급해서 보지 못했어요. 어떻게 해드리면 될까요?"

난감한 얼굴로 묻자 중년 남자가 말했습니다.

"괜찮습니다. 그냥 가세요. 별 상처 아닙니다."

뜻밖의 반응에 현주는 당황했습니다.

"아니요. 제가 잘못한 것이니 변상해 드리겠습니다."

그러나 중년 남자는 고개를 저으며 말했습니다.

"그럴 필요 없습니다. 차를 운전하다 보면 이런저런 작은 사고는 일어날 수 있죠. 출근이 바쁘신 거 같은데 어서 가보세요."

요즘 세상에 이런 사람도 있나 싶어 연신 고개가 숙여졌습니다. 직장에 가서 자랑했습니다. 오늘 아침에 참 좋은 사람을 만났다고, 그래서 살맛이 난다고, 로또 당첨된 것보다 더 기쁘다고.

직장 동료들에게 기쁘게 밥을 샀습니다. 변상해 줬을 차 수리비보다 돈을 더 썼지만 기분이 정말 좋았습니다.

이 세상에 참 좋은 사람이 살고 있다는 사실, 우리에게 큰 힘을 주지요. 아무리 슬픈 일이 있어도 내 기분 세상에 옮겨질까 봐 애써 미소 짓는 사람, 자신의 잘못을 솔직하게 시인할 줄 아는 사람, 타인의 잘못을 관대하게 넘어가 주는 사람, 그런 사람들이 곁에 있습니다.

기억해 줘서
고맙습니다

지인은 직장 생활을 하다가 미국으로 이민을 갔습니다. 이런저런 고생을 하다 보니 세월이 많이 흘렀습니다. 30대에 미국에 갔는데 50의 나이를 훌쩍 넘기고 말았습니다.

어느 날 3일의 휴가를 받고 한국을 찾았습니다. 비행기를 타고 오는 내내 어머니 얼굴이 눈에 선했습니다. 버선발로 뛰어나와 아들을 안아주시리라, 아들의 얼굴을 쓸고 또 쓸며 "내 아들, 고생 많았다." 해주시리라 생각했습니다.

어머니 뵐 기쁨에 한달음에 고향 집에 달려갔는데, 어머니가 조금 이상했습니다. 아들의 이름을 불러주지도 않고, 그저 멍하니 타인을 보듯 대했습니다. 그동안 곁에서 어머니를 돌봐오던 누나가 말했습니다. 그동안 어머니가 기억을 잃었다고…… 아무도 알아보지 못하신다고…….

"아니야. 엄마가 나를 몰라보실 리가 없어."

그러나 어머니는 아들에게 "뉘신지요?"라는 말만 뒤풀이했습니다. 억장이 무너지는 듯한 아픔에 아들은 누나에게 말했습니다.

"휴가를 엄마와 보내고 싶어. 나에게 3일의 시간을 줘. 엄마와 단둘이서 이 고향 집에서 지내게 해줘. 그러면 엄마가 나를 알아보실 거야."

3일 동안 오롯이 어머니와 아들, 단둘이서만 고향 집에서 지냈습니다. 아들은 어머니에게 옛날 기억들을 하나하나 꺼내 얘기했습니다.

"엄마, 손등에 이 상처 생각나요? 나 일곱 살 땐가, 엄마랑 시장에 가서 한눈팔다가 오토바이에 부딪혔잖아요. 그때 엄마가 나를 업고 병원까지 뛰어갔지요."

그러나 엄마는 그 어떤 이야기를 해도 아들을 알아보지 못했습니다. 그렇게 약속된 3일이 훌쩍 흘러가고 말았습니다. 이제 30분만 지나면 어머니와 다시 작별해야 합니다. 이대로 헤어져서 미국에 가면 언제 다시 만날 수 있을지 모릅니다.

"엄마, 제발 나 좀 기억해 주세요. 내 이름 불러주세요. 그러면 힘이 날 것 같아요."

아들은 눈물 어린 얼굴로 무심코 노래를 불렀습니다. 엄마가 잘 부르던 민요 한 가락이었습니다.

그때였습니다. 아무 말 없던, 아무 기억도 못하던 어머니가 그 노래를 이어 부르는 게 아니겠습니까. 아들을 업고 일을 할 때 흥얼거리던 노래, 학교 갔다 오는 아들을 기다리던 골목에서 흥얼거리던 노래, 그 노래가 어머니의 기억을 돌려놓았습니다.

"아들아, 내 아들⋯⋯."

어머니는 아들을 안았습니다. "내 아들, 고생이 많구나." 하며 어깨를 토닥여주었습니다.

노래가 불러온 어머니의 기억은 10분을 넘기지 못했지만 아들은 어머니의 품속에서 맘 놓고 울었습니다. 그리고 그 10분 동안 실컷 고백했습니다.

"나를 기억해 줘서 고맙습니다. 사랑합니다. 어머니가 나의 어머니여서 행복합니다."

선물 주는
마음

봄이 되면 제주도에서 고사리가 올라옵니다. 오빠가 이른 아침마다 한라산 중턱에 나가 기도하듯 하나하나 따서 제주의 햇살에 잘 말린 고사리입니다.

해마다 동생들에게 직접 딴 좋은 고사리를 보내줄 수 있다는 데 큰 기쁨을 느끼는 오빠입니다. 그 힘든 항암치료를 하면서도 동생들을 생각하며 한라산 자락의 들길에서 고사리를 하나하나 따서 햇살에 잘 말립니다. 고사리 한 올 한 올에 오빠의 사랑과 정성이 느껴집니다.

고사리 시인 우리 오빠…… 제주에서 보내온 고사리를 받으면 괜히 눈물부터 납니다.

올해 고사리 상자에 오빠는 마음을 가득 담은 시 편지를 넣어서 보냈습니다.

To 정림

한지동 등대 옆 바다의 방풍이 폐에 좋다기에
바위 틈새에 끼어서 모진 생명을 키우는 방풍 잎을 한 올 한
올 딴다

방풍 씨는 민들레 홀씨처럼 온 바닷가를 돌아다니다가
기암괴석에 안착을 한다

삐죽 고개만 내밀 뿐 파도가 벗하고
바다의 다른 생명들과 즐겁게 할 수 있으니
이 아니 좋은가

세월이 저 먼저 빠른 길로 달려 숨이 턱에 차서 하는 말

'아직 할 일은 남았고 아직 멀었잖아'

정림이 소리와 오버랩이 되어
내 마음에 굳은 인내를 키운다

To 정연

겨우내 하얀 눈을
뿌리를 끄떡거리며 먹더니
달빛 머금은 이슬이 젖어들어
온몸이 솜털을 보송보송 돋아내더니
새벽 들길 빨리 오라 마중한다

아파서 아파서
쓰다듬고 싶은 고사리는
힘든 날도 어두운 날도 없어져
다시 일어설 수 있다는
내 손아귀에 전해오는
기적 같은 정연이 고사리 같은 손

오빠에게 전화를 걸어 병과 싸우지 말고 친구 해서 동고동락하
라고, 싸우면 지치니 순간순간 고맙게 즐기라고 말했습니다. 전화
를 끊고 나서는 주룩주룩 눈물을 흘렸습니다. 그러고는 내가 오빠
를 위해 할 수 있는 유일한 일…… 오직 기도만 드릴 뿐입니다.

그런 고사리를 나 혼자 먹기에는 아깝습니다. 사랑하는 사람에게, 고마운 분에게 조금씩 나눠서 선물합니다.

어느 배우가 나한테 이런 말을 한 적이 있습니다. 명절 때마다 선물을 잔뜩 사는데, 정작 선물을 주고 싶은 사람이 없다고. 그 말을 할 때의 배우의 표정이 참 쓸쓸했습니다.

그러나 나는 고사리를 선물하고 싶은 사람들이 있으니 얼마나 행복한가요.

고사리 삼행시를 기도하듯 읊으며 고사리를 따는 우리 오빠, 그 마음 그대로 받아든 나는, 고사리를 선물 상자에 나누어 담으며 기도합니다.

고맙습니다.
사랑합니다.
이해합니다.

이 고백을 받아 마땅한 사람들에게 고사리를 보냅니다. 마음을 담아 선물할 사람이 있어서 참 다행입니다.

따뜻한
동행

언니가 모교에서 야간 강의를 할 때였습니다. 강의를 마치면 한밤중이 되었습니다. 언니 혼자서 주차장까지 걸어오는 길은 살짝 무섭기도 하고 외롭기도 했습니다.

그런데 한 학생이 언니 옆에서 같이 걸어주는 것이었습니다. 그 학생은 그날만이 아니라 매번 주차장까지 함께 걸었고, 언니가 차에 시동을 걸면 그제야 "안녕히 가세요." 하고 인사를 했습니다. 그리고 차가 떠날 때까지 그 자리에 서서 배웅을 했습니다.

그 따뜻한 배웅은 한 학기 동안 계속되었습니다. 언니가 혼자 갈 수 있다고 말해도 그 학생은 배웅을 그만두지 않았습니다. 깜깜한 주차장이 그 학생 덕에 대낮처럼 환했고, 추운 주차장이 그 학생 덕에 따뜻했습니다.

언니는 그 학생을 방송사에 있는 PD에게 소개했습니다. 그리고 그 학생은 지금 방송사에서 작가로 일하고 있습니다.

행동으로 감동을 주는 사람,
참 좋은 사람이라고 느끼게 하는 사람,
참 열심히 사는 사람이라고 느끼게 하는 사람,
그런 사람이 참 좋은 인연을 만들어갑니다.

수많은 언어가 존재하지만 정작 필요한 것은 상대에게 위로를 주는 단 몇 마디, 수많은 행동이 존재하지만 정작 필요한 것은 상대에게 위안이 되는 따뜻한 동행이 아닐까요?
지금 누군가가 혼자 인생의 길을 외롭게 걸어가고 있다면 함께 걸어가주세요.

나는 왕국에
들어서고 있다

오래 살았던 여의도의 아파트 바로 옆 상가 지하에 단골 와인 가게가 있습니다. 와인을 사러 가면 가게 사장님이 미소를 지으며 저렴하면서도 맛있는 와인을 골라줍니다.

한번은 어머니에게 불면 증세가 있어 와인 가게에 가서 사장님에게 의논을 했습니다.

"저혈압 기운이 있고 밤에 잠을 잘 못 주무시는 어머니에게 맞는 와인이 있을까요?"

그랬더니 달콤하면서도 도수가 아주 약한 와인을 권해주었습니다. 노인에게 맞는 와인을 정성을 다해 골라주던 사장님. 그 사장님의 정성 덕분에 어머니의 불면증이 사라졌습니다.

사장님은 굴지의 대기업에서 중역으로 일했던 분입니다. 그 직장에 인생을 걸고 밤낮없이 일했습니다. 그러다 어느 날 갑자기 퇴직

을 하게 되었고, 이제는 자신이 좋아하는 것에 남은 인생을 투자하고 싶었습니다. 평소에 좋아하던 와인에 대해 공부했습니다. 그리고 동네 모퉁이에 작은 와인 가게를 열었습니다.

그는 와인을 팔아 부자가 되겠다는 생각은 해본 적이 없다고 합니다. 그저 좋아하는 와인을 사람들에게 선물하듯 건네고 싶었다고 합니다.

항상 웃고 항상 행복해 보이는 사장님에게 언제나 웃으시니 참 보기 좋다고 말했습니다. 그는 아침에 가게 문을 열고 들어설 때마다 이렇게 생각한다고 합니다.

"나는 왕국에 들어서고 있다."

아침마다 들어설 공간이 있다는 것이, 일을 해서 돈을 벌 수 있다는 사실이 그는 참 고맙다고 합니다.

내가 내 일터를 왕국으로 여길 때 나는 일터에 들어서면 왕이 됩니다. 그러나 내 일터를 귀찮고 하찮은 곳으로 여길 때 나는 그곳에서 걸인이 됩니다.

'행복도 학습'이라고 하지요.

피아니스트가 연습을 해서 기량을 쌓아가는 것처럼, 스포츠 선수가 훈련을 해서 기록을 갱신해 나가는 것처럼, 학생이 공부를 해서 실력을 높여가는 것처럼 행복을 느끼는 마음도 자꾸자꾸 연습하다 보면 늘어갑니다.

'행복의 연습'은, 행복의 요소들을 찾아보는 데서 시작해야 합니다. 행복이 찾아왔는데 내 마음이 그 손님을 몰라보고 반겨주지 않으면 다시 돌아서 나가버릴 수밖에 없지요.

행복이 찾아오면 마음의 의자를 내주고 기쁘게 맞아주는 일, 행복 연습의 첫걸음입니다.

나의 일터가 왕국이라는 와인 가게 사장님. 길모퉁이 그 와인 가게에 들어설 때면 이미 행복해집니다. 그리고 그 가게를 나설 때면 나도 왕족이 된 듯 발걸음에 음표가 실립니다.

풍경보다
우정

친구 인숙이 터키로 여행을 갔을 때였습니다. 패키지로 갔기 때문에 몇 팀이 여행 일정을 함께했습니다. 여행지에 간 첫날, 식사를 하기 위해 모인 자리에서 팀별로 이름을 정해서 소개하는 시간을 갖기로 했습니다.

그런데 눈에 띄는 팀이 있었습니다. '북두칠성'이라고 이름 붙인 그 팀은 중년 여자 일곱 명과 한 명의 남자로 구성되어 있었습니다. 남자는 휠체어에 타고 있었는데, 함께 여행 온 일곱 명 여고 동창생들의 은사라고 했습니다. 그중 한 명이 남자의 아내였습니다. 교사가 제자와 결혼한 것입니다.

남자는 몇 년 전 뇌출혈이 와서 교사 생활을 그만둬야 했는데, 그후 거동이 쉽지가 않아 휠체어 신세를 져야 했습니다. 그런 남편을 돌보다 보니 아내는 여행 한번 제대로 떠나지 못했습니다. 여고 동창생들끼리 종종 여행을 갔지만 그 아내는 엄두를 내지 못했습니다.

그래서 친구들은 은사님을 모시고 함께 떠나는 여행을 계획했습니다. 여행사에서는 휠체어를 탄 사람이 있다고 하자 처음에는 난색을 표했습니다. 다른 일행들에게 불편을 끼치면 안 되기 때문이었습니다. 그러나 아줌마 일곱 명이 여행사로 몰려가 절대 지장 없게 하겠다고, 일곱 명이 도울 거니까 걱정 말라고 하니 어쩔 도리가 없었습니다.

그들은 힘든 여행 일정 내내 정말 단 한 번도 다른 사람들을 불편하게 하지 않았습니다. 패키지 일정이 빡빡했지만 하하호호 웃으며 그 일정을 모두 소화해 냈습니다.

"우리 선생님 휠체어는 내가 밀어드릴 거야."

"싫어. 내가 밀어드릴 거야."

경쟁하듯 은사님의 휠체어를 번갈아 밀어주는 그들은 여행 내내 에너지가 넘쳤습니다.

헤어지는 날, 마지막 식사 자리에서 한 사람씩 돌아가며 인사말을 나눴습니다. 휠체어에 탄 남자의 아내가 울먹이며 말했습니다.

"친구들에게 폐를 끼칠까 봐 망설였습니다. 그런데 같이 여행하기를 정말 잘했습니다. 이번 여행에서 나는 그 무엇보다 소중한 우정을 얻고 갑니다."

인숙은 터키를 떠올리면 가장 먼저 그 북두칠성 여인들이 생각난다고 합니다. 여행지에서 만난 사람들이 그곳의 풍경보다 더 깊이 각인된 것입니다.

이제 자주 은사님을 모시고 여행 다닐 거라던 그 여인들, "내가 휠체어 밀어드릴 거야."라며 은사님의 휠체어를 경쟁하듯 뺏어서 밀던 그 여인들은 지금 또 어느 하늘 아래서 그토록 아름다운 풍경을 그려내고 있을까요?

소통의
방식

　지인의 칠순 부모님은 고향인 강원도를 많이 그리워합니다. 지인은 부모님을 모시고 한 달에 한 번 강원도에 가기로 했습니다. 어릴 때부터 같은 고향에서 나서 자란 부모님의 추억을 따라가 보는 추억 여행을 정기적으로 가기로 한 것입니다.

　그런데 뒷좌석에 앉은 부모님이 길을 찾는 것 때문에 다투기 시작했습니다. 여기가 맞다, 아니다, 저기가 맞다…… 길 찾는 것 때문에 싸우는 것이 듣기 싫어서 지인은 내비게이션을 최신형으로 사서 차에 달았습니다.

　내비게이션이 이리로 가라 저리로 가라 길을 찾아주니 뒷좌석에 앉은 부모님 사이에 아무런 대화가 없었습니다. "무슨 얘기라도 나누세요."라고 하면 "할 얘기가 뭐 있어?" 하며 멀뚱히 창밖만 내다보는 부모님을 보면서 지인은 느꼈습니다.

'아, 어머니, 아버지에게는 다툼이 소통이구나.'

사람마다 슬픔 처방전이 다르듯이 소통의 방법도 다릅니다. 오랜 세월을 겪은 부부에게는 사랑의 다른 표현이 서로 다투는 것일 수도 있겠구나 싶었습니다.

지인은 부모님과 고향 나들이를 갈 때마다 내비게이션을 떼어냈습니다. 그리고 물었습니다.

"아버지, 어머니, 어디로 가야 돼요?"

그러면 뒷좌석에 앉은 부모님이 또 활기를 띠고 옥신각신하기 시작합니다.

"저기 골목길로 가면 예배당이 나오잖아."

"아니야. 모퉁이 돌아서 가야 돼."

"당신이 뭘 알아? 내 말 들어. 저기로 가야 해!"

"당신보다 내 길눈이 정확해. 좌회전!"

부모님 다투는 소리에 지인은 슬며시 미소가 지어졌습니다.

아름다운
꽃길

후배 은정은 큰언니와 크게 다툰 후 서로 안 보고 지낸 지 3년이 되어간다고 했습니다. 원인은 남동생 은철이었습니다. 은철이 사업을 하다가 은정의 남편에게 돈을 빌렸는데, 사업이 뜻대로 풀리지 않아 그 돈을 날린 게 발단이었습니다. 그 문제로 남동생을 싸고도는 큰언니와 한바탕 싸움을 벌였습니다. 얼마나 서운했던지 그후로 큰언니한테서 온 전화는 받지도 않았습니다.

3년이 흐른 어느 날, 막내 동생 은미에게서 전화가 왔습니다. 그리고 충격적인 말을 전했습니다.

"큰언니…… 오래 못 산대."

다리에 힘이 풀려 주저앉고 싶었습니다. 큰언니는 췌장암을 선고받고 항암치료 중이고, 이제 얼마 안 남았으니 인생을 정리하라는 의사의 말을 들었다고 했습니다. 머릿속이 하얗게 되어 아무 생각도 할 수 없었습니다.

옷을 입히며 단추를 채워주던 큰언니, 머리를 빗겨주고 묶어주던 큰언니, 눈물을 닦아주던 큰언니, 고구마 쪄서 내오던 큰언니…… 아아, 그런 큰언니가 죽어가고 있다니…… 믿을 수가 없었습니다.

은정은 밤이 지나기를 기다렸다가 새벽같이 집을 나서 첫차를 탔습니다. 큰언니 집 대문에 들어서니 항암치료로 민머리가 된 큰언니가 김치를 담그고 있었습니다.

"아휴, 그 몸을 하고 무슨 김치를 담그고 그래!"

괜히 화를 내는 은정을 보던 큰언니가 말없이 다가와 은정을 잡아당겨 안았습니다. 은정도, 큰언니도 흐느껴 울었습니다.

"언니가 미안해. 언니 원망 많이 했지?"

사실 미안한 사람은 은정이었습니다. 큰언니는 맏이로 태어나 언제나 동생들을 위해 희생한 사람입니다. 중학교만 나와서 동생들 뒷바라지 다 하고 일찍 돌아가신 어머니 대신 동생들을 돌봤던 큰언니입니다.

그깟 돈 때문에 큰언니와 등지고 살았던 것이 은정은 부끄러웠습니다. 한번 틀어지니까 먼저 손을 내밀기가 힘들었습니다. 몇 번이고 미안하다는 전화를 하려고 수화기를 들었다가 놓곤 했습니다.

"내가 미안해, 언니. 내가 속이 좁았어. 내 돈이 아니라 남편 돈이니까…… 시댁 어른들 보기도 그렇고……. 그런데 언니는 은철이 걱정만 하니까……. 그래서 내가 서운했나 봐."

큰언니와 은정은 그렇게 한동안 부둥켜안고 서로에게 미안하다, 미안하다, 사과를 계속했습니다.

그날 밤, 큰언니가 오랜만에 끓여준 된장찌개는 일품이었습니다. 같이 밥을 먹고 큰언니 무릎을 베고 누워 옛날 이야기보따리를 풀어놨습니다. 큰언니와 옛날로 돌아가 그렇게 오래오래 지내고 싶었습니다.

남편과 아이들 때문에 다음 날 서울로 올라와야 했던 은정은 큰언니에게 어울릴 만한 모자를 세 개 고르고 편지를 썼습니다.

"언니야, 이 모자 쓰고 어릴 때 놀던 뒷동산에 놀러가자."

그러나 그 소망은 이루지 못했습니다. 큰언니는 은정이가 보낸 모자를 쓰고 뒷동산 대신 혼자서 하늘나라로 여행을 떠났습니다.

은정은 그때 큰언니를 찾아가 용서를 구하고 화해할 시간을 주신 신에게 감사했습니다.

"용서란, 내 안의 가파른 계단을 아름다운 꽃길로 바꾸는 것이다."

프랑스의 소설가 아니 에르노 Annie Ernaux 가 말한 것처럼 용서는 신이 주신 인생의 큰 기회입니다.

감탄사의
여왕

오스트리아에 음악 공부를 하러 갔던 선배는 오스트리아 남자와 결혼해서 빈에 삽니다. 남편을 사랑하는 마음은 변함없지만 오스트리아에 오래 살다 보니, 나고 자란 고국이 그리워 향수병에 걸리고 말았습니다.

공원에 산책을 나가면 고향 산천에 돋아났던 고사리가 보였습니다. 고사리나물이 먹고 싶어서 그것을 뜯었는데 남편은 뭐 그런 것을 먹느냐고 이마를 찌푸렸습니다.

고향에서 보내준 김치 냄새가 좋아서 어쩔 줄 모르겠는데, 남편은 냉장고 안 이것저것에 배어 있는 김치 냄새 때문에 고통스러워했습니다.

고향의 햇살이 그립고 고향의 바람이 그립고 고향의 음식이 그립고 고향의 사람들이 그리워 미칠 것만 같았습니다.

선배는 결혼한 지 10년 만에야 고국에 올 수 있었습니다. 선배를 만난 내가 뭘 먹고 싶냐고 물었더니 된장찌개가 먹고 싶다고 했습니다. 허름한 밥집에 데려갔는데 김치가 반찬으로 나왔습니다.

"오, 김치를 맘껏 먹을 수 있다니! 아, 김치 아삭거리는 소리 좀 들어봐."

"오, 이 나물 좀 봐. 오, 이 게장 좀 봐."

"어머나, 상추쌈을 할 수가 있어!"

"어쩜 좋아. 된장찌개가 보글보글 끓어. 오, 이 된장 맛……."

식사를 하는 동안 선배는 감탄사를 수십 번 터뜨렸습니다. 늘 먹는 반찬이어서 소중함을 몰랐는데 선배에게는 김치 하나, 나물 하나도 아주 큰 감동이었습니다.

식당에서 나와 길을 걸을 때에도 선배는 감탄사를 남발했습니다.

"어머나, 저 꽃 좀 봐."

"어머나, 하늘 좀 봐."

"어머나, 저 아이 좀 봐."

한국에서 지내는 동안 선배에게 '감탄사의 여왕'이라는 별명이 붙었습니다. 그녀의 입에서 시시각각 감탄사가 터졌습니다.

"아! 오! 어머나! 와우! 이야!"

밥 한 공기, 국 한 그릇, 바람 한 올에도 감사하고 기뻐하며 감탄사를 터뜨리는 선배. 나는 선배를 만나는 동안 또 한 번 느꼈습니다.

참 행복한데 행복한 줄 모르고 살고 있구나.
참 고마운데 고마운 줄 모르고 살고 있구나.
참 아름다운데 아름다운 줄 모르고 살고 있구나.

우리는 참 좋은 세상, 참 좋은 사람들에 둘러싸여 살고 있습니다. 그러니 맘껏 감탄사를 터뜨려도 좋습니다.

가로등을 켜는
이발사

영국의 대문호 셰익스피어가 길을 가는데 한 청소부가 말을 걸어 왔습니다.

"셰익스피어 선생님, 당신은 그렇게 화려한 인생을 살고 있는데 나는 이렇게 길바닥에서 청소나 하는 인생이니 세상이 너무 불공평합니다."

그러자 셰익스피어가 이렇게 대답했다고 합니다.

"당신과 나는 별 차이가 없어요. 당신은 길을 닦고 나는 글을 닦고 있지 않습니까? 결국 당신이나 나나 하나님이 지으신 우주의 일부를 아름답게 닦는 것은 똑같습니다."

여기에도 그렇게 우주의 일부를 아름답게 닦는 사람이 있습니다. 이화동에 가면 40년 넘은 전통 이발소가 있습니다. 그곳 이발소에는 단골손님들이 많습니다. 동네 어르신들의 대소사는 물론이고 그들의 소소한 일상까지 다 꿰뚫는 이발사 아저씨는 동네 어르신들이 손님이 아니라 가족과 같다고 합니다. 그래서 '손님'이라고 하지 않고 '아버님'이라고 부른답니다.

어느 날은 늘 때가 되면 오던 단골손님이 오래 오지 않아 걱정이 됐습니다. 독거노인이라 돌볼 사람도 없는 분이었습니다. 집으로 가보니, 아니나 다를까, 노인이 다쳐 몸져누워 있었습니다.

그곳 동네가 어두운데 가로등이 별로 없어서 골목길을 걷다가 넘어졌다고 했습니다. 다른 노인들도 몇 분 골목이 어두워 넘어졌다는 말을 듣고 이발사는 어두운 골목에 등을 달기 시작했습니다. 그 불빛으로 안전하게 다니는 노인들을 생각하면 힘든 줄도, 돈 아까운 줄도 몰랐습니다. 이제 이발사가 내건 등이 환하게 켜진 골목길을 노인들은 편안하게 다니고 있습니다.

영화 〈노트북〉에는 이런 대사가 나옵니다.

"이 세상에서 거창한 성공을 거두지 않았어도 누군가 한 사람을 영원히 한결같이 사랑했다는 것, 그건 자신 있게 얘기할 수 있다."

성공이란 게 그렇게 대단한 것일까요? 내 노력으로 몇 사람의 인생이 환해진다면, 그렇다면 큰 성공을 거둔 인생입니다.

남편의
명판결

친구 민영은 결혼하고 나서 얼마 지나지 않아 시어머니와 다퉜습니다. 시어머니가 시집올 때 해왔다는 '귀한' 찻잔을 누가 깼느냐 하는 작은 문제로 시작된 다툼이었는데, 서로 섭섭한 마음을 꺼내놓다 보니 점점 목소리가 커졌습니다.

퇴근한 남편이 현관에 들어서다가 부엌 쪽에서 어머니와 아내가 내는 큰소리에 놀라 다가왔습니다. 두 여인의 이야기를 다 듣고 난 남편은 정색을 하고 어머니에게 말했습니다.

"어머니가 잘못하셨네. 누구든 그런 얘기 들으면 화나지."

아들이 며느리를 두둔하자 시어머니는 서럽게 울었고, 다시 한바탕 소란이 벌어졌습니다.

며느리는 괜히 시어머니가 안됐다는 마음이 들었고, 한편으로는 남편이 자기편이라는 생각이 들어 기뻤습니다.

다음 날 며느리는 시어머니에게 사과했습니다.

"제가 아직 많이 모자라서 어머님 마음을 아프게 했습니다. 죄송합니다."

그러자 시어머니도 며느리의 사과를 받아들였습니다. 자존심 유난한 시어머니가 사과를 선뜻 받아주니 좀 의아할 정도였습니다.

그런데 세월이 지나서야 알게 되었습니다. 그날 밤 남편은 아내 몰래 어머니 방에 가서 이렇게 말했다고 합니다.

"엄마, 내가 엄마 편들면 저 사람은 집 나갈 거야. 그럼 우린 이혼이야. 그런데 엄마는 내가 어떻게 하든 내 엄마잖아."

손잡아 주며 달래드리니 어머니 마음도 풀어졌던 것입니다.

사람과 사람 사이 관계는 자칫하면 깨어지기 쉽지요.

"형제는 수족과 같아 떼어낼 수 없지만 부부는 의복과 같아서 벗어버리면 그만이다."

옛말에도 이런 말이 있듯, 부부 사이는 특히 잘 다뤄야 하는 약한 유리병 같은 관계입니다.

사람과 사람 사이, 관계에는 지혜롭게 대처할 때가 필요합니다. 남편이 어머니에게 그런 말을 했던 것을 10년 후에야 알게 되었지만 아내는 남편의 현명한 대처가 참 고마웠습니다.

슬픈
인생 공식

대기업 다니며 잘나가던 남편이 갑자기 세상을 떠난 뒤, 진숙은 혼자 아이들을 키우며 살아왔습니다. 그 아이들이 어느새 재수생과 고등학생이 되었습니다.

그러던 어느 날 진숙은 난감한 상황에 처했습니다. 집주인이 갑자기 전셋값을 대폭 올려달라고 한 것입니다. 집을 옮기려고 해봤지만, 입시생이 둘이나 있다 보니 이사하는 게 무리였습니다.

은행에 대출을 알아봤지만 방법이 없었습니다. 가족과 친척에게 조심스레 부탁도 해 봤지만 모두 돈이 없다고 했습니다.

며칠 동안 속을 끓이다가 친구들을 만났습니다. 진숙은 차마 입이 안 떨어졌지만 겨우 용기를 내서 말을 꺼냈습니다. 3천만 원만 꿔달라고……. 때 지난 유행어라고 여긴 "3천만 땡겨줘!"가 자신의

현실이 될 줄은 정말 몰랐습니다.

돈을 꿔달라는 진숙의 말에 한 친구가 30분 동안 충고를 했습니다. 친구 사이에는 돈 거래를 하지 말라는 인생 공식도 모르냐고. 네가 괜히 그런 얘기를 하니 우리 관계가 껄끄럽게 되었다고. 우리 서로 그런 얘기는 하지 말자고.

그 친구가 정색을 하고 화를 내는 바람에 다른 친구들은 아무 말도 못 한 채 앉아 있었습니다.

마지막 희망이었던 친구들에게서 싸늘한 거절과 함께 무거운 충고까지 듣고 집으로 돌아오는 길, 한 걸음을 내디딜 때마다 몸도 마음도 땅속으로 푹푹 빠지는 듯했습니다.

이제는 자존심도, 친구들도 다 잃었구나…… 절망감에 죽고만 싶었습니다.

터벅터벅 집으로 돌아와 기운 없이 누워 있는데, 한 친구에게서 전화가 왔습니다. 아까 그 자리에서 한 마디 말도 못 하고 앉아 있던 친구였습니다.

"나, 사실 여유 없이 살아. 그런데 마침 몇 년 동안 부은 적금을 탔는데, 그게 딱 3천만 원이야. 어디 맡길까 고민했는데 잘됐어. 적금 탄 거 꿔줄게. 언제 갚으라고는 하지 않을게. 여유가 될 때 갚아."

친구들 중에 가장 어렵게 사는 친구였습니다. 진숙은 그 따뜻한 전화를 받고 한참을 울었습니다.

친구의 도움으로 전세금을 해결한 진숙은, 가사 도우미를 하고 온갖 아르바이트를 하면서 친구에게 돈을 갚아나갔습니다. 50만 원 생겨도 갚고, 100만 원 생겨도 갚았습니다.

그 돈을 갚기 위해 힘을 내고, 갚을 때마다 친구의 우정을 고마워했습니다. 그래서 곧 그 돈을 다 갚을 수 있었고, 형편도 많이 좋아지게 되었습니다.

우리가 살아가는 동안 꼭 따라야 하는 인생의 공식이 있습니다. 그중에 '친구 사이에는 돈 거래 하지 않기'도 들어가지요. 물론 친구 사이에 돈 거래는 안 하는 게 좋습니다. 그러나 살다 보면 인생이 공식으로만 되지 않을 때도 있습니다. 도무지 공식이 통하지 않고 그 어떤 출구도 안 보일 때, 그럴 때는 어떻게 해야 하나요?

사람과 사람 사이, 인생 공식마저 초월하는 관계가 그립습니다.

이런 스승
이런 제자

　스승, 제자 사이인 두 교수님이 있습니다. 제자인 김 교수는 스승인 국 교수께서 논문을 쓰시는 데 번역을 도와드렸습니다. 존경하는 스승이니 제자로서 도울 수 있다는 사실만으로 기쁘고 영광스러운 일이었습니다. 그런데 어느 날, 스승에게서 손편지가 왔습니다.

　"고맙네. 김 교수의 번역이 있어서 잘 마칠 수 있었네."

　편지 안에는 상품권 몇 장이 들어 있었습니다.
　제자는 바로 손편지 답장을 썼습니다.

　"교수님 논문을 도와드릴 수 있어서 참 좋았습니다. 오히려 제가 행복했으므로 이것을 받을 수 없습니다."

그러고는 다시 상품권을 넣어서 편지를 부쳤습니다.

그랬더니 다시 손편지로 스승의 편지가 왔습니다.

"후학이 학문을 함께 해준 것에 대해서 내 마음을 표현한 것인데,
이것을 거부하면 후학이 내 학문을 거부한 것이니 다시 보내네."

그렇게 스승과 제자 사이에는 손편지에 동봉한 상품권이 몇 번이
나 오가야 했습니다.

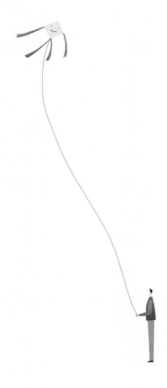

욕심을 버리면
살 만해요

어느 강사와 점심 식사를 같이 하는 자리에서 들은 이야기입니다. 비교적 부유한 환경에서 태어나고 자란 그녀는 학창 시절에도 어려움 한번 겪지 않았고, 결혼도 잘해서 지금껏 풍족하게 살아왔습니다.

나이 50도 지났고, 내 인생 이대로 잘 살다 가겠구나 싶었습니다. 그런데 그동안 평탄하던 남편의 사업이 무너지기 시작했습니다. 그 와중에 하고 있던 방송 프로그램들도 몇 개가 빠져나갔습니다. 그야말로 추락의 늪이었습니다.

인생에서 단 한 번도 경험해 보지 못한 절망의 순간들이 들이닥쳤습니다. 아팠고 슬펐고 다 포기하고 싶었습니다. 그러나 그동안 자신이 강연에서 했던 말을 떠올렸습니다. 강연에 온 사람들에게

"그럼에도 불구하고 힘내야 한다."고 셀프 응원, 셀프 힐링을 강조해 온 그녀였습니다.

'강연은 그렇게 해놓고 내가 무너지면 안 되지.'

그녀는 절망하는 대신 희망을 추슬렀습니다.

아파트를 팔고 있는 돈을 다 털어 작은 월세 집으로 옮겼습니다. 그리고 씩씩하게 다시 일을 시작했습니다. 그녀의 상황을 아는 사람들이 힘들지 않냐고 묻자 그녀가 말했습니다.

"난 이렇게 경제적으로 힘든 상황은 사실 처음 겪어봤는데…… 막상 겪어보니 지낼 만해요. 화려한 집에서 살 때나 지금이나 잠자는 침대는 하나이고, 밥도 하루 두세 끼 먹는 건 똑같아요. 뭘 소유하겠다는 욕심을 버리면 살 만해요."

돈으로 살 수 있는 것들에 대한 집착을 버리면 돈으로 살 수 없는 것들에 대한 소중함을 알게 됩니다.

가족, 사랑, 시간, 건강, 생명…… 돈으로 살 수 없는 것의 소중함을 느끼는 순간, 작고 불편한 월세 집이 남부럽지 않은 왕국으로 변합니다.

아버지
마음

"왜요? 딸이 아버지랑 걸어 들어가야지요."

제자 주희는 결혼식을 앞두고 아버지와 실랑이를 벌였습니다.

아버지는 요즘 신랑신부가 같이 입장하기도 하니, 신식으로 하자고 했습니다. 그러나 주희는 아버지 손잡고 아버지와 같이 걸어 들어가고 싶었습니다.

어릴 때 엄마가 집을 나간 후 아버지가 엄마 없이 주희를 혼자 길렀습니다. 어린 주희가 뜨거운 물을 엎지르는 찰나 달려들어 그 물을 막아서면서 얼굴에 화상을 입은 아버지.

철없는 어린 시절에는 친구들이 아버지 얼굴의 흉터를 보는 게 싫었습니다. 그래서 아버지 마음에 상처를 여러 번 입혔습니다. 엄마 대신 학교에 급식 당번으로 온 아버지를 외면했고, 학교에서 말

썽을 부린 일로 달려온 아버지한테 왜 왔냐고 대들기도 했습니다.

아버지는 그런 주희를 한 번도 책망하지 않았습니다. 오히려 미안하다는 말을 했습니다.

그런 아버지의 정성으로 주희는 어엿한 직장인이 되었고, 직장에서 만난 남자와 결혼을 하게 된 것입니다.

주희는 아버지와 손을 잡고 결혼식장에 걸어 들어가고 싶었습니다. 아버지와 당당히 행진하면서 "이분이 저를 키운 아버지예요!"라고 사람들에게 자랑하고 싶었습니다.

주희가 고집을 부리니 하는 수 없이 아버지는 그렇게 하자고 했습니다. 결혼식 전날 밤, 주희는 아버지의 팔짱을 끼고 행진을 연습했습니다.

"딴따따다 딴따따다…… 아빠, 좀 천천히 걸어요. 그렇게 빨리 사위한테 날 넘겨버리고 싶은 거예요?"

농담도 하고 너스레도 떨면서 아버지와 즐겁게 행진 리허설을 했습니다.

결혼식 날 아침이 밝았습니다. 그런데…… 아버지가 사라져버렸습니다. 아무리 찾아도 아버지가 없었습니다. 주희의 휴대전화로 아버지에게서 문자 하나만 와 있을 뿐이었습니다.

"나 찾지 말고 결혼식 해라."

아버지 휴대전화는 결혼식이 끝날 때까지 꺼져 있었습니다.

결혼식이 시작되기 전에 주희는 눈이 붓도록 울었습니다. 그러나 결혼식이 시작되고는 울지 않았습니다.

주희는 아버지의 마음을 알 것 같았습니다. 자신 때문에 혹시 딸이 시댁 어른들에게 흉이라도 잡힐까 봐 꼭꼭 숨어버린 아버지의 깊은 마음을…….

신랑 손을 잡고 입장하는데 아버지가 주희의 손을 잡고 걷는 것 같았습니다. 아버지의 마음이 거기 있었습니다.

맛있는 거
사드려

요양원에 계시는 어머니를 뵈러 가기 전날, 혜경 언니를 만났습니다. 어릴 때 옆집에 살다가 헤어졌는데 다 자란 후 우연히 해후하게 된 언니입니다.

혜경 언니는 바쁘게 사는 나에게 종종 밑반찬을 만들어 건네주곤합니다. 매실즙 담갔다고 건네주고, 고추장, 간장 담갔다고 건네주는 언니. 그러지 말라고 해도 또 멸치볶음을 했다고 가져왔습니다. 머리 잘 돌아가라고 견과류까지 풍성하게 넣어서 말입니다.

그런데 집에 도착해서 보니 밑반찬 통을 담은 쇼핑백 바닥에 봉투 하나가 있었습니다. 그 봉투를 열어 보니 10만 원이 들어 있었고, 이런 메모가 쓰여 있었습니다.

"어릴 때 너희 어머니는 나를 참 예뻐해 주셨어. 돌아가신 후 문상을 가면 뭐하겠니. 살아 계실 때 맛있는 거 하나라도 사드리고 싶어…… 형편이 어려워 많이 못 줘 미안하지만 이걸로 어머니 좋아하시는 음식 사다 드려."

메모를 보면서 눈 밑이 촉촉이 젖었습니다.

혜경 언니가 준 돈으로 어머니 좋아하는 갓 튀긴 도넛을 사다 드렸습니다. 그리고 혜경 언니 이야기를 들려드렸습니다.

"엄마, 우리 옆집 살던 혜경 언니 아시죠? 긴 갈래머리를 하고 언제나 야무지고 예쁘던 그 언니가 사드리는 거예요."

어머니가 행복하게 미소 지었습니다. 어머니를 미소 짓게 한 혜경 언니는 참 고마운 사람입니다.

수고
많으십니다

인류 사상 최초로 달나라에 갔다 온 닐 암스트롱에게 기자들이
물었습니다.

"달에 가서 무얼 보고 왔습니까?"

그러자 닐 암스트롱은 이렇게 대답했다고 하죠.

"제가 사는 지구가 참 아름답다는 것을 보고 왔습니다."

우리가 매일 살고 있는 지구, 그 안에 살고 있어서 그 온 모습을
바로 볼 수 없었던 지구. 그 지구가 아름답고 소중한 푸른 별이라는
것은, 지구에서 떨어져 달나라까지 가서야 알 수 있었습니다.

그 지구별의 겨울에 이런 일이 있었네요.

눈이 많이 내린 어느 날 언덕 빙판길 때문에 길이 많이 정체되어

있을 때였습니다. 제설차 기사들이 차에서 내려서 제설 작업을 하고 있었습니다. 자동차를 운전하며 지나가던 누군가가 차창을 열어 그들에게 말을 건넸습니다.

"수고가 많으시네요!"

그러자 제설 작업 중인 그들이 밝게 웃으면서 인사를 했습니다.

"눈길에 조심 운전하세요!"

서로가 서로의 수고를 알아주는 마음, 수고의 인사를 나누는 마음들이 꽁꽁 얼어붙은 세상을 부드럽게 해빙시켰습니다.

지구별이 아름다운 이유는, 여기 마음 따뜻한 사람들이 살고 있기 때문입니다.

이웃은
또 다른 가족

2층 단독주택에 사는 선배는 1층에 자기 가족이 살기로 하고 2층은 젊은 부부에게 세를 줬습니다.

2층 부부는 아내는 미용사고 남편은 학원 강사인데, 아직 아이가 어렸습니다. 아이는 출근할 때 보육 시설에 맡기는데, 아이 엄마가 미용실이 끝나고 나서 아이를 데리러 가야 했습니다. 그런데 가끔 미용실에 중요한 고객이 찾아와서 늦어지면 아이를 늦게까지 맡겨야 하니 고충이 많았습니다.

아이 엄마는 어쩌다 한 번씩 늦는 것 때문에 사람을 따로 구할 수도 없고, 친정어머니, 시어머니도 안 계시니 딱히 도움을 청할 사람도 없다고 고충을 털어놨습니다.

그때 선배가 아이디어를 냈습니다.

"그런 날에는 아기를 나한테 맡겨요. 내가 기저귀 갈아주고 우유도 먹이고 할게요."

아이 엄마가 손사래를 치며 말했습니다.

"아유, 제가 미안해서 어떻게 맡겨요?"

선배가 말했습니다.

"내가 한번 아이를 봐줄 때마다 쿠폰 하나씩 발행하면 되지."

"네? 무슨 쿠폰이요?"

"우리 남편 머리 한 번 깎아주는 쿠폰. 그럼 애 엄마는 아이를 마음 편하게 맡길 수 있고, 나는 덕분에 남편 머리를 말끔하게 자를 수 있고 좋잖아요."

아이 엄마는 뛸 듯이 기뻐했습니다.

"제가 머리 깎아드리는 건 일도 아니지만, 아이 보는 일은 어려운데…… 그래도 괜찮으시겠어요?"

"아유, 무슨 소리야? 가격을 생각해 봐. 자기처럼 대단한 디자이너가 머리를 잘라주는데 아이 봐주는 거랑 어떻게 비교해?"

그날부터 아이 엄마가 일을 늦게 마치는 날이면 선배가 2층 아이를 돌보게 되었습니다.

아이 엄마가 말했습니다.

"우리는 정말 이 집에서 오래 살고 싶어요. 친정어머니, 시어머니다 안 계셔서 외로웠는데 든든한 가족이 생긴 거 같아요. 그러니까

집세를 올리려면 올리시는데, 나가라고만 하지 말아주세요."

　내가 가진 것을 그 사람이 가진 것과 서로 나누니 이웃이 가족으로 변했습니다.

화장품 대신 책,
돈 대신 책

재무관리사 안성숙 이사, 그녀의 핸드백에는 화장품은 없어도 언제나 책이 들어 있습니다. 피곤한 업무 중간중간 사우나에 가서 휴식을 취할 때, 그곳에서도 그녀는 책을 읽습니다.

어느 날 사우나에서 종종 마주치곤 하는 할머니가 물었습니다.

"무슨 책을 그리 재미나게 보세요?"

안성숙 이사는 소설책이라고 대답하며 간단하게 줄거리를 들려주었습니다. 할머니는 "뭐 하는 분이우?"라고 물었습니다. 재무관리사라고 대답했습니다. 그랬더니 대뜸 할머니가 말했습니다.

"내 돈을 맡길 테니 관리 좀 해줄래요?"

평범한 할머니인 줄만 알았는데, 그분은 큰 기업체 회장님이었습니다. 사우나 와서도 계속 책을 읽는 안성숙 이사를 유심히 지켜보았던 회장님은, 그 후 개인 돈 관리뿐 아니라 그 기업의 재무관리를 모두 안성숙 이사에게 맡겼습니다.

회장님은 안성숙 이사에게 그런 말을 했다고 합니다.

"책을 열심히 읽는 사람은 믿을 만한 사람이지."

또 한 명의 독서 애호가를 알고 있습니다. 중국을 오가며 사업을 하고 있는 정소진 사장. 사람들은 그에게 자문을 많이 구합니다.

"어떻게 하면 중국에서 사업을 잘할 수 있어요?"

"중국에서 사업하려면 뭘 조심해야 해요?"

그는 늘 무거운 가방을 들고 다니면서 이렇게 말해줍니다.

"사업가 가방에는 돈 대신 책이 들어 있어야 합니다."

그는 경영의 길을 책에 묻고 인생의 길도 책에 묻는다고 했습니다. 사람에게 길을 물으면 오답이 많이 돌아오지만 책은 언제나 정답을 들려주기 때문입니다.

재무관리사 안성숙 이사, 그녀의 핸드백 속에는 화장품 대신에 책이, 사업가 정소진 사장, 그의 가방 속에는 돈 대신에 책이 들어 있습니다.

그들은 언제나 책에서 한 수 배웁니다. 막 읽은 글 한 줄이 세상 보는 눈을 더 맑게 해주니까요.

2장

시간을 견뎌낸 것은
다 아름답다

소화가 될 때까지
토닥토닥

어머니를 뵈러 요양원에 가던 날 어머니가 좋아하는 도넛을 사갔습니다.

그날은 어머니가 컨디션이 좋지 않아서 면회 시간 내내 자꾸 눈을 감았습니다. 그래도 도넛을 먹지 않으면 딸들이 섭섭해할까 봐 안간힘으로 몇 입 드셨습니다.

피곤한 어머니를 더 붙잡아두는 것은 우리 욕심인 것 같아서 식사가 끝나자 바로 어머니를 모시고 들어갔습니다.

그런데 어머니를 보살펴주시는 간병인이 "식사 언제 하셨어요?"라고 물었습니다. 방금 식사를 마쳤다고 하니 간병인은 어머니를 마치 아이처럼 품에 안고는 등을 하염없이 쓸어내렸습니다.

왜 나는 소화를 시키기 위해 어머니의 등을 쓸어내릴 생각을 못한 것일까요. 어머니의 소화 기능이 아기와 같다는 것을 왜 자꾸 깜

빡깜빡하는 것일까요.

어머니를 품에 안고 오래오래 등을 쓸어내려주던 천사 같은 간병인을 고마운 눈으로 바라보며 "우리 어머니 보살펴주셔서 고맙습니다." 하고 수십 번 되뇌일 뿐, 서툰 딸은 아무것도 할 수 없었습니다.

내 부모 모시듯 타인의 부모를 보살피는 사람들은 천사입니다.
내 아이 돌보듯 타인의 아이를 사랑하는 사람들은 천사입니다.

아사다
지로처럼

나는 매일 아침에 일어나 하루 한 편 에세이를 씁니다. 나름 부지런하다고 자부하는데, 나보다 훨씬 부지런한 작가를 만났습니다. 일본 작가 아사다 지로입니다. 아사다 지로는 한국 작가들을 대상으로 한 강연에서 이렇게 말했습니다.

"저에게 와타나베 준이치 선배가 말했습니다. 좋은 것을 많이 쓰지 않으면 안 된다고. 그 저주에 가까운 충고를 듣고 100권까지 쓰게 되었습니다."

좋지 않은 글을 아주 가끔 내는 작가, 좋은 글을 아주 가끔 내는 작가, 좋지 않은 글을 자주 내는 작가, 좋은 글을 자주 내는 작가.

이렇게 네 종류의 작가가 있는데 아사다 지로가 지향하는 것은 '좋은 글을 자주 내는 작가'라고 했습니다.

아사다 지로는 아침 5시쯤 일어나 커피를 내린다고 했습니다. 그리고 "자, 시작!" 하고 무조건 씁니다. 그는 술은 잘 마시지 않습니다. 술을 마시지 않으면 밤 시간이 길어지기 때문에 그 시간만 잘 사용해도 다른 작가보다 두 배 이상 글을 쓸 수 있다는 것입니다.

누군가 아사다 지로의 글은 원고지에 눈이 내리는 것 같다고 표현했지만, 나는 아사다 지로의 글을 읽으면 꽃잎이 내리는 것 같습니다. 벚꽃잎, 수국꽃잎이…… 때로는 빨간 동백꽃잎이 책장에 떨어져 내립니다.

아사다 지로와 나는 아침에 일찍 일어나는 것이 비슷합니다. 그리고 술을 자주 마시지 않고 밤에도 글을 쓴다는 것이 비슷합니다. 글 쓰는 것이 재미있어서 쓰다 보니 어느 날 작가가 되어 있었다는 것도 비슷합니다. 글을 쓰고 싶어서 빨리 일어난 적이 있다는 것도 비슷합니다. 글을 빨리 쓰고 싶어서 모임 자리에서 슬그머니 빠져나오는 것도 비슷합니다.

글 쓰는 것이 좋고, 글 쓰는 것 말고는 다른 직업은 생각하고 싶지 않고, 다시 태어나도 글을 쓰는 작가가 되어 있을 거라는 생각도 같습니다.

그런데…… 나는 언제쯤이면 아사다 지로처럼 책장에 꽃잎을 내릴 수 있을까요?

소음을
화음으로

지인은 새로 이사한 집이 참 좋았습니다. 그런데 이사한 다음 날 아침 시끄러운 소리가 위층에서 들려오기 시작했습니다. 위층에 사는 노부부가 다투는 소리였습니다. 그러다 말겠지 했는데 다음 날에도, 또 다음 날에도 노부부의 다투는 소리는 계속되었습니다.

그 다투는 소리는 시험 준비로 늦게 잠든 대학생 아들의 단잠을 깨웠습니다. 원고 작업을 하는 작가 남편도 불만을 터뜨렸습니다. 연일 계속되는 소음에 견디다 못한 대학생 아들이 신고해 버리자 고 하자 지인은 이렇게 말했습니다.

"왜 소음이라고 생각해? 음악 소리라고 생각하면 되잖아."

뭔가 부수거나 깨는 소리가 들리면 그때는 신고해야 되지만 그냥 다투는 말소리 정도는 '노부부가 토닥이며 소통하는 중이구나.' 그 렇게 생각하면 된다고.

소음도 있고 좋은 소리도 같이 뒤섞인 지구별에 살고 있구나, 그런 느낌이 지인은 좋다고 말했습니다.

이웃과 다투면 그곳이야말로 지옥입니다. 서로의 입장을 생각해 보면 웃으며 인사할 수 있습니다.

혼자서는 살아갈 수 없는 곳, 더불어 살아가는 곳. 내 생각만 하며 짜증을 내면 지구별 한쪽이 어두운 사막이 되지만 다른 사람 생각을 하며 배려하면 지구별 한쪽에 따뜻한 등불이 켜집니다.

고마운
불면증

"잠이 안 오면 억지로 잠자려 말고 하고 싶은 것을 해라. 창작
이 안 되면 발견에 눈을 돌려라."

서울재즈페스티벌에 왔다 간 아울시티Owl City가 한 말입니다. 그
는 우리나라에 와서 공연할 때마다 한국 공연이 마법 같다고 표현
합니다. 한국 팬들이 공연 자체를 기뻐하며 열광적으로 즐긴다는
것입니다.

아울시티는 1986년생의 아담 영이 만든 원맨 밴드인데요, 그는
데뷔 전에 콜라를 운반하는 트럭 기사였다고 합니다. 트럭 기사 시
절, 불면증이 있었던 그는 억지로 잠을 청하는 대신 밤마다 음악을
작곡했습니다. 그리고 그 곡들을 SNS에 올리면서 입소문을 탄 덕
분에 가수가 됐습니다.

밴드 이름을 지을 때 밤에 활동하는 부엉이, '아울Owl'을 넣은 것도 그 때문입니다.

불면증이 올 때, 자려고 애쓰면 더 잠이 달아버리곤 합니다. 무슨 일이 잘 안 될 때, 매달려서 일이 잘되게 애쓸수록 더 꼬이는 경우도 많습니다. 잠이 안 오면 자려고 애쓰기보다 깨어 있을 때 할 수 있는 것을 하고, 일이 잘 안 되면 다른 일로 잠시 피신을 해보는 것도 좋습니다.

비관론자는 모든 기회 속에서 어려움을 찾아내고
낙관론자는 모든 어려움 속에서 기회를 찾아낸다.

노벨문학상을 받은 영국의 수상 윈스턴 처칠이 한 말이죠.

불면증이 음악가를 키운 것처럼 지금의 위기가 더 큰 행운을 가져올지도 몰라요. 포기하거나 절망하지 않는다면요.

누구나처럼
똑같이

　어떤 자리에 있으면 나도 모르게 대접받고 싶은 생각이 들 때가 있습니다.

　대접을 받으면 그것을 당연하게 생각하고 오히려 소홀히 대접받은 것만 꼽게 됩니다. 고맙다, 고맙다 생각하면 참 고마운 일도 섭섭하다, 섭섭하다 생각하면 또 섭섭한 마음이 생깁니다.

　1년에 한 번 세계적인 작가를 초대해서 특강을 듣는 자리가 있습니다. SBS 문화재단이 방송작가 협회와 함께 마련하는 방송작가 마스터클래스 특강입니다. 나는 기획위원으로 3년째 참여해 왔는데, 올해에는 미국 드라마 〈CSI〉 시리즈의 작가인 앤서니 자이커와 일본의 소설가 아사다 지로가 왔습니다.

　강연이 끝나면 사인회가 있고, 그 후 저녁에는 우리나라 몇몇 작가들이 함께 초대된 만찬 자리가 마련되어 있었습니다.

아사다 지로의 강연이 끝나고 나가 보니 사인 받으려는 줄이 끝도 없이 길게 늘어서 있었습니다. 그의 사인은 마치 서예 작품 같았습니다. 그는 붓으로 이름을 써서 직인을 찍고, 혹시 붓으로 쓴 글이 번질까 봐 그 사이에 작은 종이를 끼워주는 세심한 배려를 해주었습니다.

나도 사인을 받을까 하다가 길게 늘어선 줄을 보고는 저녁에 따로 만찬 자리에 초대되었으니 그때 받으면 되겠다 생각했습니다. 만찬에 초대받은 특권을 누리려고 한 것입니다.

앤서니 자이커의 강연까지 모두 끝나고 만찬 자리로 이동했습니다. 식사를 마치면 아사다 지로의 사인을 받아야지 하고 있는데 함께 초대받은 김지우 작가가 아사다 지로에게 사인을 받았다며 사인 받은 책을 보여주었습니다.

김지우 작가는 아까 길게 줄을 서서 그 사인을 받아 온 것입니다.

만찬 자리에서 사인을 받으면 편할 것입니다. 그러나 김지우 작가는 그 특권을 이용하지 않았습니다. 그저 정석대로 누구나처럼 줄을 서서 사인을 받았습니다.

초대받은 특권을 이용해 편하게 사인을 받으려던 나의 마음이 부끄러웠습니다. 그래서 사인을 받으려고 꺼내두었던 책을 슬그머니 숨겼습니다.

오페라
티켓 한 장

　예술의전당 오페라 극장에서 티켓 안내를 하는 용역직으로 10여 년 일해 온 혜진. 그녀는 10년 동안 오페라 극장 앞에서 수많은 사람들의 티켓을 받고 극장 안으로 안내했지만 단 한 번도 오페라를 본 적이 없었습니다. 극장 안에 들어가는 사람들의 표정을 보면서 부러웠고 극장 밖으로 나서는 사람들의 표정을 보면서 오페라를 보는 느낌은 어떨까 상상만 해왔습니다.

　그러던 어느 날, 뜻밖의 선물을 받았습니다. 신임 사장이 용역 직원들에게 오페라 티켓을 선물한 것입니다. 오페라 티켓을 받은 용역 직원들은 난생처음 보게 될 오페라에 기대감이 높아지고 마음이 설렜습니다.

　그동안 오페라를 보고 싶었지만 티켓 값이 비싸 엄두를 내지 못했던 혜진도 누구와 오페라를 볼까 행복한 고민에 빠졌습니다.

96

그런데 생각해 보니 예술의전당에서 일하면서도 부모님을 한 번도 공연에 모시지 못한 게 가슴이 아팠습니다. 오페라 티켓을 만지작거리며 고심하던 혜진은 그 티켓을 부모님에게 드렸습니다.

오페라를 보고 온 부모님은 좋아서 어쩔 줄 모르셨습니다.

"우리 딸이 예술의전당에 근무하는데 그 덕에 난생처음 오페라를 구경해 봤지 뭐예요."

동네방네 자랑하고 다니는 부모님을 보면서 혜진은 참 행복했습니다. 예술의전당에서 일한다는 자부심이 솟았습니다.

가끔은 피곤한 얼굴로 관람객들을 맞이했던 혜진은 그 후 언제나 미소 짓는 얼굴로 사람들을 대했습니다.

"즐거운 관람 되십시오!"

그녀의 인사에 극장 안으로 들어가는 사람들의 표정이 한결 밝아졌습니다.

오페라 극장에 오래 근무하면서도 한 번도 오페라를 볼 수 없었던 용역 직원들, 그들의 마음으로 들어가 티켓을 선물하는 경영자의 마음. 모든 관계는 '상대의 마음으로 들어가 보기'가 기본이 되어야 합니다.

친절하라는 백 번의 말보다 단 한 장의 오페라 티켓이 훨씬 깊은 효과를 낼 수 있었습니다.

기억의
분리수거

　지인의 할아버지와 할머니의 인연, 그 처음은 감옥에서부터 시작
됩니다. 일제 강점기 때 독립운동을 하며 감옥을 드나들다 보니 할
아버지는 혼기를 훌쩍 넘겼습니다.

　그때 독립운동을 하다가 감옥 생활을 같이 하던 사람이 여동생
자랑을 했습니다.

　"이번에 나가면 우리 집에 한번 오게. 내 여동생이 참 야무지고
곱네."

　몇 개월 뒤 출옥한 할아버지는 옷을 깔끔하게 빼입고 할머니를
찾아왔습니다. 부끄러워서 고개도 못 들었던 할머니는 그 남자와
혼인하겠느냐는 오빠의 물음에 고개를 끄덕였습니다. 수줍어 고개
도 못 들었지만 그사이 볼 건 다 보고 들을 건 다 들었는지 "남자 인
물도 좋고 목소리도 점잖더라." 하면서 말입니다.

일사천리로 혼인식을 올린 할아버지와 할머니는 생전 싸울 새가 없었습니다. 혼인을 하고도 감옥을 수시로 들락거린 할아버지 덕분에 붙어 있을 틈이 없었기 때문입니다.

농사일도 집안일도 뒷전으로 하고 여기저기 쏘다니는 할아버지에 대해 원망도 컸으련만, 할머니는 할아버지를 떠올릴 때마다 얼굴에 복사꽃을 함께 피웁니다.

"하얀 마고자를 입고 논둑길을 휘적휘적 걸어오는 할아버지를 보면 뉘 집 양반인지 참 잘났다 싶었어."

할머니는 할아버지 모습을 보면 감탄사부터 나왔다고 했습니다. 오랜만에 집에 돌아온 할아버지는 매번 똑같은 말을 했답니다.

"고생 많았네."

수십 년이 지나고, 원망도, 한탄도 다 세월에 묻어버렸는지 할머니는 할아버지를 참 좋은 사람이라고 회상합니다.

"너희 할아버지처럼 좋은 사람 없었다."

세월의 힘이란, 이런 것 아닐까요? 좋은 것만 간직하고 안 좋은 것은 기억 속에서 내다버리는 분리수거가 가능해지는 것, 그것이 연륜 아닐까요?

아픈 줄도
모르고

　20여 년 전, 나연은 아이를 낳은 후, 산후 조리를 위해 친정에 갔습니다.

　새벽에 식사 준비하느라 왔다 갔다 하는 어머니의 발소리에 잠을 깬 나연은 신경질을 냈습니다.

　"엄마! 좀 살살 걸어다니면 안 돼? 아기가 겨우 잠들었는데 발소리 때문에 깼잖아요!"

　어머니는 "에구, 미안하다." 하면서 발소리를 줄였습니다.

　그런데 나중에 자세히 보니까 어머니가 다리를 절뚝거렸습니다. 어머니는 다리가 아파서 살살 걸을 수가 없었던 것입니다. 발걸음을 옮기기가 힘든 정도인데도 딸의 산후 조리를 해준 어머니⋯⋯. 그런데 딸은 짜증이나 내고 있었습니다.

나연은 곤히 잠든 어머니 옆에 앉아 다리를 주물러드렸습니다.

어머니가 괜찮다고 했지만 "가만 좀 계세요. 나중에 나 후회하기 싫어서 이래."라며, 나연은 오래오래 어머니의 퉁퉁 부은 다리를 주물러드렸습니다.

어머니의 눈에서 눈물이 흘렀습니다. 세상의 모든 시름이 다 녹아나는 듯한 따뜻한 눈물이었습니다.

복종의
힘으로

오래된 집을 수리하는 날, 목공일을 하는 사장님이 들어섰습니다. 배우처럼 잘생기고 훤칠한 사장님이었습니다. 목공일 대신 배우를 해도 되겠다는 생각이 들 정도였습니다. 그 사장님 뒤를 따라 조용히 들어서는 여인이 있었습니다. 키가 아주 작고 오동통한 그 여인은 사장님과 대조적인 외모였습니다.

영화 〈길La Strada〉의 잠파노앤서니 퀸 분와 젤소미나줄리에타 마시나 분가 떠오르는 부부였습니다.

아내는 배낭을 메고 남편 뒤를 졸졸 따라다녔는데, 남편이 필요한 물건을 그때그때 꺼내 손에 쥐여줬습니다. 남편이 말하지도 않았는데, 뭐가 필요한지 척척 알아서 건넸습니다.

집주인이 남편과 "여긴 이렇게 고쳐달라, 저긴 저렇게 고쳐달라."

얘기를 나누는데, 아내가 조용히 믹스 커피를 탔습니다. 아내는 배낭 안에 작은 커피포트와 커피와 종이컵까지 챙겨와서 남편이 피로해하거나 누구와 얘기를 나눌 때면 얼른 커피를 타서 내놓았습니다. 또 남편이 언제 목마른지, 언제 남편이 커피를 마시고 싶어 하는지 귀신같이 알아서 그때마다 척척 내밀었습니다.

그렇게 부부가 일하는 것을 보노라니 그들은 따로따로가 아니라 한 몸처럼 보였습니다.

아내는 그저 말없이 웃기만 할 뿐, 절대 나서지 않았습니다. 일을 할 때에도 이렇게 하지 그러냐, 저렇게 하지 그러냐, 간섭하지 않았습니다. 남편이 다른 사람과 얘기를 나눌 때에도 끼어들어 얘기하는 것이 전혀 없었습니다.

남편이 먼저 "내 말이 맞지?" "이렇게 하는 게 맞겠지?" 물을 때만 고개를 끄덕인다던가 작은 소리로 응답할 뿐이었습니다.

남편이 아내에 대해 말했습니다.

"내가 기술이 아무리 좋아도 이 사람이 없이는 그 기술을 제대로 쓸 수가 없어요. 내 곁에 꼭 이 사람이 있어야 마음이 놓이고 일이 잘돼요."

세상의 잣대로 보면 참 보잘것없는 여인일 수 있습니다. 왜소하고 모습이 예쁘지 않고 기술도 없으니까요. 그러나 잘생기고 훤칠하고 기술도 뛰어난 남자를 움직이는 것은 작고 보잘것없는 그 여자였습니다. 복종하는 것처럼 보이지만, 그 복종의 힘으로 남자를 움직이고 있는 여자였습니다.

내 마음보다 배우자가 먼저 내 마음을 아는 경지, 내가 곧 그 사람인 경지, 그런 경지의 사랑을 하는 참 아름다운 부부였습니다.

할머니와 손녀는
동급생

전라북도 고창의 봉암 초등학교로 가는 길에는 두 사람이 손잡고 걸어가는 다정한 풍경이 펼쳐집니다.

봄이면 벚꽃 핀 등굣길, 여름이면 녹음 우거진 등굣길, 가을이면 낙엽 지는 등굣길, 겨울이면 흰 눈이 덮인 등굣길을 둘이서 손잡고 걸어갑니다.

두 사람은 같은 초등학교 동급생입니다. 그런데 한 사람은 70대, 한 사람은 아홉 살입니다. 할머니가 손녀의 손을 붙잡고 학교에 가고 있는 것입니다.

마을에 문맹자들이 많다는 것을 안 교장 선생님은 고령자들에게도 배움의 기회를 주면 좋겠다고 생각했습니다. 처음에는 할머니들이 학교를 다닌다고 하자 선생님들이 많이 당황했습니다. 그러나 곧 할머니들의 학업에 대한 열정에 모두 감복했습니다. 숙제도 꼬박꼬박 했고 지각이나 결석은 한 번도 하지 않았습니다.

할머니들은 전교생들 뒤에 서서 조회도 하고 체육 시간에도 열심히 따라 했습니다. 할머니의 모자란 공부는 손녀가 알려줬고, 손녀의 고민은 할머니가 들어줬습니다.

옛날에 학교에 갈 수 없었던 할머니들, 집안일 하고 부모님 수발들고 동생 돌보느라 배울 기회를 잃었던 할머니들, 못 배웠다는 소리도 못 하고 살아왔던 할머니들이 손자, 손녀들과 교실에 앉아서 배웁니다.

가, 나, 다, 라, 마, 바, 사, 아, 자, 차, 카, 타, 파, 하!

큰 소리로 따라 읽는 그들의 목소리가 교정에 울려 퍼집니다. 그 운동장으로 어디선가 꽃잎이 날아들어 살포시 내려앉습니다.

시간을 견뎌낸 것은
다 아름답다

결혼하고 나서 몇 년간 참 많이 다툰 부부가 있습니다. 왜 싸우는지 그 이유조차 분명하지 않았는데, 짜증이 나서 싸우고, 싸워서 더 짜증이 났습니다. 그러다 보니 사이가 안 좋아 서로에게 상처 입히기 일쑤였습니다.

결혼한 지 여러 해가 흐른 어느 날, 아내는 깨달았습니다. 이제 남편과 싸우지 않고 있다는 것을, 웬만한 것은 서로 맞춰주고 넘어가고 화를 내지 않고 있다는 것을.

서로 다른 문화에서 자란 두 사람이 서로 다른 가치관을 가진 채 만나서 한 방향을 보고 살아야 했으니, 다투고 살았던 시간들도 당연한 것이구나 생각했습니다. 부부에게 함께 살았던 시간만큼 사랑의 성숙이 찾아왔습니다.

무려 90년을 같이 산 부부도 있다고 하지요. 결혼 생활 89년째를 맞이한 109세 남편과 102세 아내의 합동 생일파티가 2014년 12월 영국의 한 신문에 보도되기도 했습니다. 8명의 자녀와 27명의 손자들을 거느리고 행복한 생일파티를 하는 부부. 그들의 90년 결혼 생활은 어땠을까요?

김수환 추기경이 했다는 이런 주례사가 생각납니다.

"결혼 생활은 무조건 부부 중심으로 살아야 합니다."

무엇보다 서로에 대한 욕심을 줄이고 어려움을 당했을 때 서로 위안하는 마음, 서로 연민을 가지고 아껴주는 마음이 가장 중요합니다.

노부부가 손을 꼬옥 잡고 걸어가는 모습이 그 어떤 풍경보다 눈물겹도록 감동스러운 것은 그만큼 부부애를 지켜나가기가 어렵기 때문이겠지요.

종착역까지 함께 걸어가는 부부, 그저 함께 여기까지 올 수 있었음에 감사하는 부부, 오래 사랑하기 힘든 세상에서 오래 해로하는 부부는 정말 아름답습니다. 시간을 견뎌냈기 때문입니다.

오랜 시간을 견뎌낸 것은 다 아름답습니다.

울고 있는
사람

지인이 하는 식당에서 일하는 종업원 순희는 참 고운 심성을 지 녔습니다. 남편이 젊은 나이에 암에 걸려 병원비를 마련하려고 식 당 일을 시작했는데, 힘든 내색 없이 부지런히 일했습니다. 어떤 힘 든 일도 마다하지 않고, 손님들에게도 참 친절하게 대했습니다. 남 편이 언젠가는 나을 거라는 희망이 있었기 때문입니다.

그런데 남편이 암을 이기지 못하고 세상을 떠나고 말았습니다. 순 희는 더 이상 일할 의욕이 없었습니다. 살아갈 의지도 잃었습니다.

순희가 없는 식당은 썰렁했습니다. 식당 주인이 순희를 찾아가 설득했습니다. 그럴수록 일을 해야 슬픔을 이긴다고, 남편도 네가 이렇게 아무 의욕 없이 누워만 있는 것을 좋아하지는 않을 거라고.

순희는 마음을 추슬러 식당에 다시 일하러 나왔습니다. 안간힘으 로 팔 걷어붙이고 일을 했습니다. 문득문득 몰아치는 슬픔을 누르

며 겨우겨우 일에 의욕을 찾아갈 즈음, 한 손님이 큰 소리로 화를 냈습니다.

"이봐! 왜 그렇게 울상이야? 좀 웃으면서 서빙하면 안 돼? 손님이 왕이라는 말도 몰라? 왜 이렇게 불친절해?"

주인이 나서서 수습하려다가 식당에 한바탕 소란이 일었고 순희는 마음에 큰 상처를 입었습니다. 그날부로 순희는 식당을 그만뒀습니다. 그리고 다시 집 안에서 웅크리고만 있게 되었습니다.

그 손님은 알고 있었을까요? 겨우겨우 슬픔을 추스르고 식당에 나와 일하고 있었다는 사실을……

물론 종업원은 손님에게 친절해야 합니다. 그러나 친절하지 못할 상황도 있습니다. 활짝 웃으며 반기지 못하는 상황도 있습니다.

왜 언제나 돈을 내는 사람이 갑이어야 하나요? 돈을 지불한다는 그 사실에만 집중하다 보니 오만해집니다. 돈을 지불하는 것은 사실이지만 공짜로 주는 돈이 아닙니다.

손님도 종업원에게 잘해야 하는 것입니다. 상대방은 밥을 가져다주는 고마운 분입니다. 옷을 제공하는 고마운 분입니다. 기름을 넣어주는 고마운 분입니다.

대부분 사람들은 돈을 준 것만 생각했지 자신이 받는 것은 생각하지 못합니다. 모든 것을 경제적인 가치로만 판단하고 돈 주는 사

람이 최고라는 생각을 가지는 한, 상대를 아프게 하는 상황은 계속
될 것입니다.

어떤 상황이 벌어졌을 때 이유야 어쨌든 우선은 상대방 입장에서
잘 감싸주는 것, 그것이 최선이라는 데 공감합니다.

당신 앞에 있는 그 사람은 지금 울고 있는 사람, 지금 속으로 아파
하는 사람인지도 모릅니다.

마음의 코드를
꽂으면

　지인은 아버지를 미워하며 살았습니다. 어머니가 집을 나간 것도 다 가난한 아버지 탓이라 여겼습니다. 그런데 50대가 되고 이런저런 실패를 겪으니 아버지의 마음을 조금은 알 것 같았습니다.

　한 번도 아버지 손을 잡아보지 못했다는 생각이 든 어느 날, 지인은 목욕탕에서 문득 아버지 생각이 났습니다. 혼자 아들 셋을 키운 아버지. 쓰디쓴 소주가 아버지에게는 그나마 위로가 되었을 것입니다. 어릴 적 아버지를 따라 형제들과 목욕탕을 갔던 기억이 났습니다. 아버지는 때밀이 침대가 비워지기를 기다렸다가 올라가기 싫다는 아들들을 어서 올라가라고 채근했습니다. 마지못해 침대에 올라가면 온몸의 때를 밀어주던 아버지. 누군가가 차례차례 아들들의 때를 미는 아버지를 때밀이라 여기고 "많이 기다려야 돼요?" 하고 묻기도 했습니다.

아버지 생신날, 고향 집에 간 지인은 아버지를 모시고 목욕탕에 갔습니다. 그리고 어린 시절 아버지가 때를 밀어주었던 것처럼 아버지의 몸을 씻겨드렸습니다.

건장하고 당당하기만 했던 아버지가 이렇게 작아지셨다니……. 늙어서 오그라든 것 같은 아버지의 몸을 정성껏 씻겨드렸습니다. 이제 주름이 깊어서 때 밀기도 힘든 살가죽, 아버지 혼자 세 아들 키우기가 얼마나 어렵고 막막했을까……. 먹먹해서 자꾸 눈물이 흘렀습니다.

목욕을 마친 후 식당으로 가서 설렁탕과 소주 한 병을 놓고 앉았습니다. 평생 처음으로 지인은 한 잔의 술을 핑계 삼아 아버지에게 고백했습니다.

"아버지, 그동안 힘내서 살아주셔서 감사합니다."

고개를 푹 숙인 아버지의 어깨가 들썩였습니다. 아들도 그렇게 그 자리에 앉아 한참 어깨를 들썩였습니다.

늙어가는 아버지와 함께 늙어가는 아들은 이제 자주 목욕탕에 같이 갑니다. 그리고 종종 소주잔도 기울이면서 서로의 마음을 나눕니다.

그 사람을 이해하는 일, 그 사람을 사랑하는 일, 그게 왜 어려울까 생각해 보면 아주 단순한 이치입니다.

한 예를 들어봅니다. 잘 돌아가던 오디오가 고장이 났습니다. 사용 설명서를 꺼내놓고 이게 잘못됐나, 저게 잘못됐나 하나하나 점검했지만 원인을 찾을 수 없었습니다. 수리하는 사람을 불렀더니 들여다보고 황당한 목소리로 말했습니다.

"코드를 안 꽂으셨네요."

사용하던 기계가 고장 났을 때처럼 사랑하는 마음이 뒤엉켜버려서 더 이상 어쩌지 못하는 순간이 오기도 합니다. 사람 마음은 사용 설명서가 없어서 성분도 모르고 조절법도 모르고, 그래서 깜깜한 미로에 들어간 것처럼 헤매게 됩니다.

코드를 안 꽂아놓고 기계가 고장 났다고 여기는 것처럼 어쩌면 우리가 사랑하는 일도 다르지 않을 겁니다. 정작 필요한 건 아주 기본적인 것인지도 모릅니다. 사랑에 사용 설명서가 있다면 딱 이 한 줄이 적혀 있을지도 모릅니다.

"마음의 코드를 꽂을 것."

잘 견뎌줘서
고마워요

　현이 엄마는 친정 오빠가 사업하다가 망해서 사채 빚까지 썼다는 것을 뒤늦게 알게 되었습니다. 오빠는 어디론가 사라져버리고 사채업자들이 친정 부모님을 찾아왔습니다. 집은 이미 저당 잡혀 있었고, 부모님은 도피 생활을 해야 했습니다.

　현이 엄마는 오빠 걱정, 부모님 걱정에 눈물 마를 날이 없었습니다. 공무원 남편의 박봉을 쪼개서 저축한 돈과 아이들 교육보험까지 다 헐어서 2천만 원을 마련했습니다. 그리고 그 돈을 들고 사채업자 사무실로 찾아갔습니다. 엘리베이터가 없는 5층 계단을 걸어 올라가면서 다리가 후들거렸습니다. 계단 난간을 짚으며 간신히 올라가 사무실 문을 열었습니다. 그리고 오빠의 차용증서를 보여 달라고 하고는 가져온 2천만 원을 내놓았습니다.

　"이거 나 죽을 둥 살 둥 마련한 돈이에요. 앞으로 돈 생기면 갚을 테니 기한을 더 주세요."

그 후, 백 원만 생겨도 모으고, 천 원 한 장 허투루 쓰지 않았습니다. 정성을 다하면 돈이 알아서 불어난다고 한다더니 아끼고 아끼니 돈이 모아졌습니다.

2년 만에 갚아야 할 돈을 전부 모아서 사채업자 사무실로 갔습니다. 오빠가 대출 서류에 완납 도장을 찍었습니다. 5층 계단을 내려오는데 다리가 후들거렸습니다. 2년 전 올라갈 때 후들거리던 것과는 다른 감정으로 온몸이 떨렸습니다.

그렇게 걸어 내려와 건물을 나서는데, 건너편에 남편과 현이가 기다리고 서 있었습니다. 남편과 아이 모습을 보니 그제야 참았던 울음이 터졌습니다. 두 팔을 벌리고 서 있는 남편에게 달려가 안겼습니다.

"그동안 참아줘서 고마워요."

아이도 껴안고 울었습니다.

"현이야, 잘 견뎌줘서 고마워. 돈 모으느라 반찬도 제대로 못 해 준 거 미안해."

이제 친정 부모님은 방 한 칸이나마 얻어서 햇살 보며 살고 계십니다. 그리고 오빠도 공사장에서 다시 일을 시작했습니다. 현이네 가족은 그렇게 잃어버렸던 웃음을 되찾았습니다.

동생이
뭐 길래

남산 도서관에서 강연회를 했는데, 언니가 따라와 줬습니다. 언니는 내가 강연하는 동안 맨 앞줄에 앉아서 누구보다 열심히 메모를 하고 눈빛을 반짝이며 들었습니다.

강연을 마치기 전에 나는 언니를 불러 세웠습니다.

"동생이 강연한다고 따라와 준 언니를 소개합니다. 송정연 작가입니다."

모처럼 언니 자랑을 좀 하려고 했는데, 언니는 내 말을 막고 또 내 자랑만 실컷 했습니다.

"애는 어릴 때부터 착해 가지고요……."

"애는 어릴 때부터 저보다 훨씬 글을 잘 썼어요……."

언니는 자신은 낮아지며 그날의 주인공인 나를 올려주었습니다.

강연이 끝나고 책 사인회가 열렸습니다. 책에 사인을 받으려는 사람들 줄이 생각보다 훨씬 길게 늘어섰습니다. 사인 받기를 기다리는 사람들이 지루해할까 봐 언니는 가방에서 사탕과 초콜릿을 꺼내 나눠주기 시작했습니다.

"제 동생 강연에 와주셔서 감사합니다."

"제 동생 책 사주셔서 감사합니다."

사인을 하는 내 귀에 계속 언니 목소리가 들렸습니다.

'아, 동생이 뭐길래 언니는 저토록……'

코끝이 시렸습니다.

언니의 친구들과 지인들을 만나면 하나같이 나에게 말합니다.

"정연이네 '내 동생' 왔네."

언니가 하도 '내 동생, 내 동생' 해서 나는 언니 친구들 사이에서 정림이가 아니라 '정연이네 내 동생'으로 통합니다. 방송사 사람들에게도 언니는 '동생 자랑하는 언니'로 통합니다. 팔불출 언니가 따로 없습니다.

어머니가 나에게 준 선물은 많고 많지만 그중에서도 가장 큰 선물은 언니입니다.

언니에게 나도 더 좋은 선물이 되고 싶습니다. 그런데 언제나 언니가 먼저 선수를 치니 당할 재간이 없습니다. 형만 한 아우 없다는 말이 괜히 나온 말이 아닙니다.

나와 다른
사람

〈댄싱9〉이라는 프로그램을 보다가 어느 무용수에게 시선이 꽂혔습니다. 김설진이라는 무용수였습니다. 그의 무용은 춤을 보여준다기보다 말을 거는 듯했습니다. 그의 동작에는 슬픔이 묻어났고 마음을 노크하는 그 무엇인가가 있었습니다. 위로하는 듯했고, 토닥이는 듯했습니다.

그의 인터뷰를 찾아보았습니다. 그는 벨기에의 무용단에서 무용수 겸 안무가로 활동 중인데, 안무 작업을 할 때의 에피소드가 인상적이었습니다. 무용수들의 움직임을 똑같이 맞추는 구성이었는데, 한 무용수가 모자를 잡는 동작에서 자꾸 모자의 끄트머리만 붙잡았습니다. 김설진 씨는 그에게 손가락을 더 빼서 모자를 깊숙이 잡으라고 몇 번이나 지적했습니다.

공연이 끝나고 나서 김설진 씨는 뒤늦게 알았습니다. 그의 손가락이 다른 사람보다 짧다는 것을……. 손가락이 긴 사람과 손가락이 짧은 사람의 동작이 같을 수는 없는데, 자꾸 똑같이 하라고 강요했던 것이 부끄러웠습니다.

'교육'이라는 의미의 영어 단어 'education', 그 어원은 가르친다는 의미가 아니라 자기 안에 있는 걸 찾아준다는 의미라는 것을 그는 그때 다시 깨닫게 되었다고 했습니다.

저마다 다른 사람들……. 그런데 나와 똑같아지라고 강요하고 있는 건 아닌지요?

아인슈타인은 학교에서 이런 생활기록부를 받았습니다.

"형편없고 무엇을 해도 성공할 수 없는 학생이다."

그 생활기록부를 받은 아인슈타인이 낙담하자, 그의 어머니가 힘주어 이렇게 말했다고 하죠.
"남과 같으면 넌 천재가 아니지."

하다못해 정신을 집중하는 방법도 사람마다 다르다고 하죠. 베토벤은 해이해질 때마다 얼음물을 머리에 뒤집어썼고, 찰스 디킨슨은 항상 몸을 북쪽으로 향한 채로 글을 썼다고 합니다. 그런가 하면

로시니는 담요를 뒤집어쓰고 작곡했고, 발자크는 수도승처럼 흰옷을 입고 글을 썼다고 합니다.

또 옷을 모두 벗고 연주해야 잘 되는 바이올리니스트, 시끄러운 록 음악을 들으면서 그림을 그려야 잘 되는 화가도 있다고 합니다. 그런데 나와 작업 스타일이 다르다고 해서 그 사람이 틀렸다고 할 수 있는 걸까요? 나와 다른 차림을 하고 있다고 해서 그 사람의 인간성 자체를 부정할 수 있을까요?

나와 다른 사람을 이해하기 위한 노력, 나와 다른 사람을 인정하기 위한 배려, 그것은 변화무쌍하고 다양한 이 시대를 살아가는 우리의 의무사항이 아닐까 싶습니다.

아들 같아서,
엄마 같아서

지인은 친구와 만나 빵집에서 팥빙수와 토스트와 커피를 먹었습니다. 다 먹고 일어서면서 자리를 치우려고 하는데, 아르바이트생으로 보이는 종업원이 말했습니다.

"손님, 그거 놔두세요. 제가 치우겠습니다."

종업원이 무척 바빠 보였기 때문에 지인은 스스로 자리를 정리했습니다. 종업원이 다가오더니 미안한 얼굴로 말했습니다.

"그냥 놔두셔도 되는데요."

지인이 말했습니다.

"우리 아들도 이런 곳에서 아르바이트하거든요. 꼭 내 아들 같아서 그래요."

빵집에서 나와 차가 주차된 곳으로 걸어가는데, "잠깐만 기다리세요!" 하는 소리가 들렸습니다. 아까 그 종업원 청년이었습니다. 그는 빵 한 봉지를 들고 와서 지인에게 건넸습니다.

"이거 드리고 싶어서요. 맛있게 드십시오."

지인이 놀라 물었습니다.

"어머, 왜요?"

그 청년이 대답했습니다.

"우리 어머니 같아서요."

아들 같다고 하자, 그 청년은 엄마 생각이 났던 것입니다.

세상 모든 자식들은 다 내 자식과 같습니다. 세상의 모든 노년은 다 내 부모와 같습니다.

배내옷
부적

부산에서 교사 생활을 하면서 첫아이를 가졌습니다. 그런데 학교 생활과 결혼 생활, 그리고 작가 생활을 병행하면서 무리를 하는 바람에 아기가 잘못되고 말았습니다.

태어날 아이를 상상하면서 마냥 행복했는데, 나와 부모 자식의 인연을 맺고 살아갈 아이가 어떤 아이인지 궁금했는데 유산이 되다니…… 믿을 수 없었습니다.

그때 참 많이 울었습니다. 아침에 베란다에 앉아 창밖을 내다보 았는데, 어느새 석양이 지고 있었습니다. 하루 내내 그 자리에서 꼼짝 않고 슬퍼만 하고 있었던 것입니다.

학교에 다시 출근하자 동료 선생님들이 위로를 보냈습니다. 그러나 그 어떤 말도 위로가 되지 않았습니다. 가족들의 작은 반응에도 상처를 받았습니다. 나의 슬픔은 비수가 되어 사랑하는 사람들 가슴에도 생채기를 냈습니다.

그 후, 우여곡절 끝에 다시 아이를 갖게 되었습니다. 그때 동료 교사인 김희라 선생님이 작은 선물 상자를 내밀며 말했습니다.

"이거…… 부적으로 지니고 있어요."

독실한 기독교 신자인 김희라 선생님. 남편이 목사인 그녀가 부적으로 지니고 있으라니……. 종교, 신앙 다 떠나서 마음의 위안이 필요한 나에게 부적을 선물한 그녀를 어떻게 잊을 수 있을까요.

상자를 열어 보니 그 속에 아이 배내옷이 들어 있었습니다. 순면으로 된 배내옷을 꺼내 손에 든 순간 이번 아이는 꼭 순산하겠다는, 그래서 이 부드러운 배내옷을 꼭 입히겠다는 의지가 솟았습니다.

아이가 배 속에 있는 열 달 동안 오직 하나, 이 아이를 잘 낳아 잘 기르겠다는 일념으로 지냈습니다. 그렇게 재형이는 태어났습니다. 재형이는 그러므로 딱 2년 걸려 낳은 아들입니다.

그 후, 나는 아기를 가진 사람을 보면 배내옷을 부적으로 선물하는 습관을 가지게 되었습니다. 아기 배내옷을 받은 사람들은 꽃다발을 받은 듯한 표정을 짓습니다. 얼굴이 발그레 물들기도 하고 눈물이 어리기도 합니다. 당신의 아이는 소중하니 꼭 아름답게 만나라는 나의 진심이 그 마음에도 전해지나 봅니다.

경쟁자를
동지로

언니가 방배동으로 이사한 후 동네 미용실에 머리를 하러 갔습니다. 그런데 3층짜리 건물 안에 미용실이 세 개나 됐습니다. 작은 동네에 주민 수도 별로 안 되는데 작은 건물 안에 미용실이 세 개나 되니 얼마나 경쟁이 치열할까 싶었습니다.

그러나 머리를 하면서 얘기를 들어 보니 세 미용실 모두 그곳에서 30년 이상을 영업했는데 원장들끼리 한 번도 싸운 적이 없다고 했습니다. 오히려 셋이 자매처럼 지낸다고 했습니다.

미용협회에 세무 교육을 받으러 갈 때도 셋이 손잡고 가고, 식사도 시간 될 때마다 같이 먹고, 각자의 단골손님들도 모두 같이 알고, 의논도 하고 하소연도 한다는 것입니다.

같은 업종끼리 경쟁하느라 싸우고 모함하는 곳도 많은데 이렇게 지낼 수도 있는 거구나 싶어 신기했습니다.

내가 살아야 네가 살고, 네가 살아야 내가 살아가는 '서로 살기'. 그게 바로 상생이겠지요. 진정한 경쟁이란, 나 혼자 살겠다는 이기심이 아닙니다. 경쟁자에게 내 것을 주고 협력함으로써 더 큰 것을 얻는 것, 그것이 보다 성숙한 '경쟁'입니다.

라이벌 rival 의 어원은 '강 river'에서 나왔다고 하지요. 물과 물이 연결되듯 서로 연결되어 흐르는 관계, 그것이 경쟁자임을, 경쟁자는 곧 조력자이며 동지임을 다시 한 번 새겨봅니다.

정이
들어서

내가 어릴 때 아버지는 오토바이를 타고 직장으로 출근했습니다. 오토바이를 타고 대문을 나서는 아버지의 뒷모습이 얼마나 멋있었는지 모릅니다. 휴일에 과수원에 갈 때에는 나를 오토바이 뒷좌석에 태워서 가곤 했는데, 오토바이를 타고 과수원 길을 달리는 기분은 구름 위를 나는 듯했습니다.

그러던 어느 날, 아버지가 오토바이를 타다가 사고를 당했습니다. 버스를 피하다 넘어지면서 다리를 다친 것입니다. 어머니는 그후 아버지에게 오토바이를 타지 말라고 하소연했고, 아버지는 오토바이를 타지 않기로 결심했습니다.

아버지의 오토바이를 팔던 날, 구입한 사람이 오토바이를 끌고 대문을 나서는데, 어머니가 눈물이 그렁그렁한 눈으로 오토바이에서 시선을 떼지 못했습니다. 오토바이가 안 보일 때까지 그 자리에 서 있던 어머니가 소맷부리로 눈물을 닦는 것을 보았습니다.

어린 내가 어머니에게 왜 우는지 물었습니다.

"사람이 아닌데도 정이 드는지…… 괜히 팔았나 싶고…… 보내고 싶지 않아서……."

물건에도 마음을 주고, 그 물건을 떠나보낼 때면 눈물짓던 어머니……. 그런 어머니인데, 어머니가 가장 사랑하는 자식들이 집에 다니러 왔다가 서울로 갈 때면 얼마나 가슴이 미어졌을까요.

자식들이 탄 버스가 안 보일 때까지 그 자리에 서서 내내 손을 흔들던 어머니 모습이 눈에 선합니다.

그저
그림자처럼

라디오 음악 프로그램 작가로 일할 때였습니다. 특집 공개방송이 있었습니다. 그때 앞을 못 보는 하모니카 연주가가 출연했는데, 그의 연주가 아름다워 그만 눈물을 흘리고 말았습니다.

방송이 끝나고 모두 뒤풀이 장소로 가는데, 하모니카 연주가 뒤로 조용히 따라오는 여인이 있었습니다. 그의 어머니였습니다. 그의 어머니는 앞에 나서는 일도 없고 함부로 말하는 일도 없이 그저 조용히 뒤를 따랐습니다.

식당에 들어가서도 앞 못 보는 아들의 옆에 앉지 않고 멀찍이 떨어져 앉았습니다. 그렇지만 그녀의 시선은, 앞 못 보는 아들에게 줄곧 머물러 있었습니다.

뜨거운 돌솥 비빔밥이 날라져 오자 하모니카 연주가 맞은편에 앉은 나는 다칠까 봐 나도 모르게 외쳤습니다.

"조심하세요! 뜨거워요!"

그러자 그는 미소 지으며 말했습니다.

"하도 많이 데어봐서 이젠 잘해요."

식사하는 동안에도 그의 어머니는 한마디 간섭도, 걱정도 없이 그저 멀리서 아들을 바라볼 뿐이었습니다.

그의 어머니에게 내가 물었습니다.

"아드님 따라다니시려면 힘드시겠어요."

그러나 어머니는 말했습니다.

"아니요. 재밌습니다."

은은한 미소를 지으며 재밌다고 말했지만, 그녀의 마음이 어떨지 알 것 같았습니다. 혹시 실수할까 봐, 혹시 다칠까 봐 얼마나 마음을 졸일까요. 그러나 어머니는 아들이 홀로 설 수 있도록 그저 그림자처럼 옆을 지키고만 있었습니다.

그 후 하모니카 연주가는 많은 이들의 사랑을 받게 되었습니다. 충분히 그럴 만하다고 생각하며 늘 흐뭇하게 상상하곤 했습니다. 아들이 연주할 때에도, 식사할 때에도, 다른 이들과 즐겁게 얘기를 나눌 때에도 늘 뒤에서 지켜보던 그의 어머니 모습을……

그런 어느 날, 하모니카 연주가가 결혼을 했다는 기쁜 소식을 듣게 되었습니다. 그리고 얼마 지나지 않아 이번에는 슬픈 소식을 듣게 되었습니다. 하모니카 연주가의 어머니가 돌아가셨다는 소식이었습니다.

문득 생각했습니다. 아들과 동행해 줄 좋은 짝이 생겼으니 이제 마음 놓고 돌아가실 수가 있었겠구나…… 참 행복하게, 그리고 든든한 마음으로 마지막 작별을 할 수 있었겠구나…….

그의 하모니카 연주를 들을 때면 늘 생각나는 사람, 뒤에서 조용히 아들의 연주를 듣던 그 어머니의 얼굴입니다.

기부의
기쁨

어느 날 대학교 사무실로 어느 동문의 전화가 왔습니다. 60대 중반의 그는 이번에 퇴직을 했는데, 퇴직금 중에서 천만 원 정도를 후배들을 위해 쓰고 싶다고 했습니다. 대학에서는 기부하는 절차를 알려주었습니다. 그 후 다시 한 번 그 동문에게서 천만 원을 더 내놓겠다는 전화가 왔습니다.

그는 다시 기부하는 이유에 대해 이렇게 말했습니다. 기부금을 내니 장학금을 받게 될 학생들 명단을 보내오고, 그 학생들이 처한 상황이나 성적도 보내오곤 하는데, 그것을 읽으면서 또 다른 행복을 경험했다고 합니다.

명품 가방을 사는 것보다, 집을 한 채 사는 것보다, 기부하는 것이 더 기쁘더라는 것입니다.

오프라 윈프리는 힘든 일을 만났을 때 그것을 극복하는 방법에 대해서 이렇게 강조합니다.

"상처 받았을 때, 다른 상처 받은 사람을 도와주세요. 고통 받고 있을 때, 다른 사람의 고통을 덜어주세요. 엉망진창의 상황에 처해 있을 때, 거기서 빠져나와 다른 사람도 거기서 나올 수 있게 도와주세요."

봉사의 기쁨은 소유의 기쁨과는 질적으로 다릅니다. 소유는 아주 짧게 끝나는 행복이고 그 후에 더한 갈증을 가져오지만, 봉사는 자꾸자꾸 솟아나는 행복입니다. 기부는 누군가에게 주기만 하는 것이 아니라 누군가에게 주면서도 더 많이 얻는 것입니다.

다른 사람을 돕는 일은 곧 내 희망과 비전을 저축하는 일입니다.

행복한
세 모녀

아파트 단지 안에 있는 목욕탕에서 종종 만나는 여인이 있습니다. 50대의 그 여인은 언제나 언니와 어머니와 함께 들어섭니다.

그녀의 언니는 60이 훨씬 넘은 나이로 보이는데, 전신마비 환자입니다. 그리고 80대 어머니는 거동이 불편한 치매 환자입니다. 그녀는 언니와 어머니를 돌보느라 결혼은 꿈도 꾸지 못했습니다. 홀어머니의 치매 증세도 나날이 심해집니다.

먼저 어머니를 씻겨드린 후 언니도 꼼꼼히 씻겨주는 그녀, 정작자신은 제대로 씻지도 못합니다. 언니와 어머니에게서 시선을 뗄수 없기 때문입니다.

집에서는 한번 씻고 나면 욕실이 난리가 나기 때문에 목욕탕에와서 씻겨드린다는 그녀. 그런데 이상한 게 있었습니다. 힘들 만도

한데 그녀는 늘 웃습니다. 언니와 어머니에게 짜증이 날 만도 한데 그녀는 언제나 애교를 부립니다.

"아유, 우리 언니, 예쁘네. 미스코리아 저리 가라야."

"아유, 우리 엄마, 오늘따라 왜 이렇게 투정이실까?"

그러면서 탕에 들어가서는 노래도 불러주고 이야기도 들려줍니다. 그러면 치매 엄마와 전신마비 언니는 행복해합니다.

내 등에 짊어진 짐을 기꺼이 감수해 내는 여인, 그 여인 앞에 펼쳐진 인생은 힘들어 보이는데, 정작 그녀는 참 행복해 보입니다.

그녀와 만난 날은 몸보다 마음을 씻은 듯합니다. 불만이 터져 나오는 마음, 원망이 터져 나오는 마음, 한탄이 터져 나오는 마음을 깨끗이 씻습니다. 그리고 한결 반짝이는 마음으로 세상에 발을 디딥니다.

감정의
도미노 현상

　노점에서 사과를 파는 어머니가 있었습니다. 그 노점에 부잣집 사모님이 와서 사과를 사갔습니다. 명품 옷을 휘두르고 명품 가방을 들고 온 그녀였지만, 얼마나 사과 값을 깎아대던지 거의 본전에 준 것이나 다름없었습니다. 그러면서도 "하나 더 가져갈게요." 하며 얼른 하나를 더 집어갔습니다.

　어머니는 집에 와서 아들에게 하소연했습니다.

　"부자들이 더 지독해. 사과 값을 그렇게 깎더니 나중에는 하나를 더 가져가더라."

　어머니의 하소연을 들은 고3 아들은 울컥했습니다. 집에서 학교 가려면 부자 동네를 지나가는데, 아들은 부자들에 대한 분노가 치밀어 철사로 고급 차들을 쭉 그으면서 갔습니다.

　긁힌 차를 보고 차 주인인 사장이 기사를 혼냈습니다.

"차가 이렇게 긁히도록 놔두다니! 관리 하나 제대로 못 하고 뭐한 거야?"

사장을 회사에 내려주고 기사가 혼자 그 차를 몰고 가다가 울분이 치밀어 자동차 문을 열고 지나가는 차에 욕설을 퍼부었습니다.

"아줌마! 운전 똑바로 해!"

갑작스레 그 욕설을 들은 아줌마는 학교 교사였는데, 화가 치밀어 올라 그날 괜히 반 학생을 혼냈습니다. 그 학생은 바로 사과를 산 사모님의 아들이었습니다.

사람 감정은 그렇게 도미노 현상처럼 다시 돌고 돌아와 나와 내 가족의 마음을 타격합니다.

기쁜 마음, 친절한 미소를 세상에 내놓으면 내 자식에게 그 미소가 돌고 돌아 전달되고, 나쁜 마음, 불만과 울분을 세상에 내놓으면 그대로 내 자식 가슴에 울분이 꽂힙니다.

내가 한 행동이 지구 한 바퀴를 돌고 오는 게 아니라 곧바로 내 자식에게 가는 것이 세상 이치입니다.

따끔하지만
따뜻한 경고

　도서관에서 전자사전을 잃어버린 한 대학생은 잃어버린 장소에
이런 편지를 붙여뒀습니다.

　"내 전자사전을 가져간 사람은 거기에 내 이름 써두었으니 사용
할 때 이름 깨끗이 지우고 사용하세요. 얼마나 필요했으면 가져갔
겠습니까. 그러나 다음 세상에선 착하게 사세요."

　따끔하면서도 따뜻한 메모였습니다.
　어떤 것에 대해 경고를 해야 할 경우, 그 경고 문구가 너무 거칠
거나 살벌하면 보기가 싫어집니다. '제품 사용 설명서'에 붙어 있는
경고 문구도 너무 길거나 지루하면 보지 않게 됩니다.

소송 천국인 미국에서는 소송에 휘말리는 것을 예방하기 위해 제품에 갖가지 경고를 표기하고 있는데, 미시간 소송 남용 감시 그룹에서는 '웃기는 소비자 경고 문구 대회'를 열어서 화제가 되기도 했습니다. 역대 수상작들은 다음과 같은 것들이라고 합니다.

먼저 목수용 전동 공구에 붙은 경고 문구입니다.

"이 제품을 치과용 드릴로 사용해서는 안 됩니다."

어느 공공시설 변기에 붙어 있는 경고 문구입니다.

"이 물은 마시기에 부적당합니다."

생일 케이크용 양초에 붙은 경고 문구입니다.

"양초를 귀 또는 다른 신체 구멍에 꽂지 마십시오."

이밖에도 기발하고 재밌는 경고 문구들이 많이 나왔습니다.

어느 거리에는 맨홀 뚜껑마다 아름답고 재밌는 그림이 그려져 있는데요, 무서운 경고 문구보다 이렇게 마음을 환하게 하는 경고가 훨씬 마음에 와 닿을 겁니다.

남에게 싫은 소리를 안 하고 살면 좋겠지만 그래도 꼭 해야 할 때가 있지요. 경고 같은 것도 안 하고 살면 좋겠지만 꼭 해야 할 경우도 있습니다. 그럴 때는 맘 상하지 않게 전달하는 법이 필요합니다. 유머와 위트가 실린 표현, 그리고 여유…… 꼭 지니고 싶은 덕목입니다.

쌍방 교류의
법칙

어느 날, 택시를 탔는데 어머니와 통화할 일이 생겼습니다. 그래서 기사에게 양해를 구했습니다.

"기사님, 죄송합니다. 잠깐 통화를 해야 하는데요. 우리 어머니가 귀가 잘 안 들려서 크게 소리 질러야 해요. 양해 부탁드릴게요."

있는 힘껏 소리 내어 가며 통화를 마쳤는데, 기사가 웃으며 말했습니다.

"20년 기사 생활에 이렇게 매너 있는 분 처음 만났습니다."

그는 한참 동안 고충을 털어놓았습니다. 조수석에 타서 너무 큰 소리로 통화하는 사람들 때문에 귀가 아플 정도라고 합니다. 통화하다가 갑자기 소리를 지르는 바람에 놀라서 사고 난 적도 있었다고 합니다.

"별의별 손님 다 있습니다." 하며 하소연하는 기사의 말을 듣고 많은 생각이 밀려왔습니다.

우리는 돈을 내고 택시를 탄다고 기사에게만 친절하기를 바랍니다. 그러나 손님도 기사에게 친절해야 합니다. 그리고 운전에 방해가 안 되도록 조심해야 합니다. 우리가 가야 할 곳으로 데려다주는 고마운 분이니까요.

어느 관계든 일방적으로 잘해야 하는 관계는 없습니다. 모든 인간관계는 쌍방 교류의 법칙을 지닙니다.

내가 원하는 것은 상대방도 원하는 것, 그러니 내가 원하는 것을 그 사람에게 먼저 해주는 것은 어떨까요?

더불어
산다는 것

　남극 대륙의 펭귄은 무리를 지어 있지 않으면 죽게 된다고 하지요. 그래서 수천 마리의 펭귄들은 함께 몸을 움츠리고 서로의 체온에 의지해 냉혹한 추위를 견뎌냅니다. 안쪽, 바깥쪽 번갈아 가며 자리를 바꾸는데, 바깥쪽에서 따뜻하게 감싸주면 안쪽에 있는 펭귄들이 그동안 잠을 잔다고 합니다.

　세상을 사는 일도 이렇듯 함께 걱정하며 함께 돌보며 살아가는 것이라고 남극의 펭귄들이 소중한 교훈을 주네요. 우리가 사는 일도 다르지 않지요.

　패션 회사에 다니는 진경은 스페인에 출장을 갔다가 스페인 공항에 태블릿PC를 놓고 한국에 돌아왔습니다. 그 태블릿PC 안에 업무 관련 중요한 파일이 다 들어 있어, 발을 동동 구르며 스페인 공항에 여러 번 전화를 걸어봤지만 찾을 길이 없었습니다. 진경은 지푸라기라도 잡는 심정으로 여행 사이트에 그 사연을 올렸습니다.

그런데 그 사연을 읽은 한 사람이 곧 스페인 여행을 떠날 거라며 공항에 가서 알아봐준다고 했습니다. 친구도 아니고 가족도 아니고 한 번도 본 적 없는 남의 일일 뿐인데, 그렇게 나서준다니 고맙기만 했습니다.

그는 스페인 공항 사무실로 가서 이곳에 놓고 간 태블릿PC를 찾으러 왔다고 했습니다. 그러나 절차가 복잡하고 까다로웠습니다. 여행 기간 동안에 해결되지 않자, 그는 뒤이어 여행을 온 후배에게 그 일을 부탁했습니다. 결국 그 후배가 스페인 공항에서 태블릿PC를 찾는 데 성공했습니다.

한국에 와서 진경을 만나 태블릿PC를 전해준 이는 스물한 살 대학생이었습니다. 진경은 눈물이 날 만큼 고마웠습니다.

어떻게 사례를 해드리면 되겠냐고 하자 그 대학생은 손사래를 치며 "아니에요. 그냥 할 일을 했을 뿐이에요."라고 했습니다.

여행 중에 갈 곳은 얼마나 많았을까요? 할 일은 또 얼마나 많았을까요? 그런데 그 소중한 시간 중 하루의 반나절을 날리면서 모르는 사람의 물건을 찾아주다니…….

스페인 공항에 가서 그 어려운 절차를 밟고, 여러 사람들을 만나

인터뷰하고, 하루 종일 고생한 것도 모자라 다시 다른 사람까지 연결해 결국에는 이렇게 찾아다주다니…….

그런데도 할 일을 했을 뿐이라며 그 어떤 사례도 받지 않으려고 했습니다.

겨우겨우 쫓아가서 작은 사례를 하고 돌아오는 길, 진경은 생각했습니다. 더불어 살아간다는 것은 이토록 눈물겹도록 감동스러운 일이라고…….

3장

무거운 발걸음에
음표가 실리면

그 사람 마음으로
들어가면

일본 영화 〈카모메 식당〉, 우리말로 하면 '갈매기 식당'입니다. 이름도 촌스러운 이 식당의 메인 메뉴는 주먹밥입니다.

소풍 갈 때 아버지가 싸주던 주먹밥 맛을 잊지 못하는 '사치에'는 일본인들의 소울 푸드인 주먹밥을 핀란드에서 팝니다. 그런데 손님이 없습니다. 사치에는 궁리 끝에 핀란드 사람들이 좋아하는 시나몬 롤과 핸드드립 커피를 함께 팔았습니다. 그러자 손님들이 찾아오기 시작했고, 사치에가 만든 주먹밥도 주문해서 먹었습니다.

내 것만 주장하기보다는 상대의 입장에서 상대에 맞는 것을 먼저 내주라고, 그러면 상대도 내 것을 존중하게 된다고 영화는 말해주는 듯했습니다.

지인이 이런 이야기를 들려주었습니다. 위층 아이가 밤늦게까지 쿵쿵 뛰는 소리에 도저히 잠을 잘 수가 없었습니다. 그런데 아이를 길러본 입장이니 조용히 해달라고 말하기가 미안했습니다. 어떻게 할까 고심하다가 좋은 방법을 생각했습니다. 그 집 편지함에 편지를 한 장 넣었습니다. 편지에는 이렇게 썼습니다.

"안녕? 나는 뽀로로야. 나는 밤 11시에는 잠을 잔단다. 너도 11시 되면 잘 수 있겠니?"

그런데 거짓말 같은 일이 일어났습니다. 밤 11시만 되면 위층이 조용해진 것입니다.

위층 아주머니가 찾아와 말을 전해줬습니다. 아이가 밤 11시만 되면 잠옷을 입고 침대에 들어가며 이렇게 말한다는 것입니다.

"뽀로로가 11시 되면 잠을 잔대. 나도 11시에는 자야 해."

그러면서 오히려 위층 아주머니가 고마워했습니다. 아무리 자라고 해도 안 잤는데, 이런 방법이 있는 줄 몰랐다고.

상대에게 바라는 것이 있다면 그 사람 마음으로 들어가야 합니다. 내 쪽에 서서 그 사람을 보면 방법이 보이지 않습니다. 그러나 그 사람 쪽에 서서 보면 방법이 보입니다.

내 아이의 할머니

　방송작가 후배 지영은 시어머니와 사이가 좋지 않았습니다. 결혼 전에는 시어머니가 결혼 반대를 하면서 마음고생을 많이 했고 결혼하고 나서도 사사건건 지영을 못마땅해했습니다.

　그러던 어느 날, 세 살 난 아들을 돌봐주는 도우미 아주머니가 일이 생겨 못 오겠다고 했습니다. 하는 수 없이 시어머니에게 아들을 부탁하고 출근을 했습니다.

　미운 시어머니에게 아이를 맡기고 나오니 일이 제대로 되지 않았습니다. 아이를 구박은 하지 않을까? 다혈질 시어머니가 아이를 막 대하면 어떡하지? 밥을 잘 먹지 않는 아이인데, 무슨 이런 아이가 다 있냐고 혼을 내면 어떡하지? 별의별 생각이 다 들었습니다.

　지영은 부랴부랴 일을 마치고 집으로 달려갔습니다. 그런데 현관문을 열다가 그만 우뚝 멈춰 서고 말았습니다.

밥투정이 심하고 입이 짧은 아이에게 조금이라도 더 먹이려고 시어머니는 정성을 다하고 있었습니다. 아이를 회전의자에 앉히고는 겨우 한 숟가락 먹이고, 아이가 안 먹으려고 하자 "이걸 봐라." 하며 회전의자를 팽그르르 돌린 후에 또 한 숟가락 얼른 입에 넣고, "이거 한 입만 먹어 봐라." 하며 생전 보지 못한 온갖 제스처를 보였습니다. 그렇게 안간힘으로 아이에게 밥을 먹이는 시어머니를 보며 지영은 그 자리에서 움직일 수가 없었습니다.

아, 그래. 어머님은 우리 아이의 할머니구나⋯⋯ 우리 아이는 우리 어머님의 손자구나⋯⋯. 시어머니는 그냥 시어머니인 줄만 알았는데, 관계라는 게 단순한 화살표만은 아니구나⋯⋯.

이런 생각에 가슴이 먹먹해졌습니다.

며느리에게는 미운 시어머니일지 모르지만 아이에게는 참 좋은 할머니였습니다. 지영은 그 후 시어머니를 조금은 더 이해하려고 노력했습니다.

살아가면서 나에게 어떤 관계가 밀려듭니다. 그 관계는 하나로만 그어지는 일직선이 아닙니다. 여러 갈래로 흩어지는 복잡한 곡선입니다.

인수분해보다 어렵다고 생각되는 관계, 그것을 쉽게 푸는 해법이 여기 있습니다.

내가 먼저 곁을 내어주기.

내가 먼저 품어주기.

이해는 안 되더라도 사랑은 해주기.

이것이 그토록 미웠던 그 사람이 나에게 '참 좋은 당신'이 되는 비결입니다.

마중은 세 걸음,
배웅은 일곱 걸음

　미용실에서 머리 감기는 일부터 시작해서 이제는 100개의 지점을 거느리며 미용업계의 거물이 된 사람이 있습니다. 그녀는 미용실에서 머리 손질이 너무 늦게 끝나면 손님을 버스 정류장까지 배웅해 줬다고 합니다. 그리고 지금도 그 미용실에서는 손님이 갈 때면 미용실 밖에까지 나와서 배웅한다고 하지요. 그렇게 마중보다 배웅을 더 살뜰히 한 덕에 고객이 점점 늘어갔다고 했습니다.

　일상에서 번번이 일어나는 일, '마중'과 '배웅'입니다. 손님이 찾아오면 반갑게 마중을 하고, 손님이 돌아가면 정중히 배웅을 하고…… 그것은 당연한 정감의 교류입니다.

　그런데 이런 속담이 있지요.

"마중은 세 걸음, 배웅은 일곱 걸음."

그만큼 배웅을 더 살뜰히 하라는 얘기입니다.

비단 방문객이 오고 갈 때만 일어나는 일은 아닙니다.

어떤 일을 시작할 때와 마칠 때, 어떤 사람과 만날 때와 그 사람과 이별할 때…… 그럴 때 마지막을 더 살뜰히, 더 마음을 기울여야 하겠지요.

훈련하고
봉사도 하고

지인이 지리산을 등반할 때였습니다.

얼굴이 동그랗고 화장기 없는, 스무 살 정도로 보이는 여학생이 가스통을 메고 산을 오르고 있었습니다.

"학생! 왜 그 무거운 가스통을 메고 산을 올라가요?"

의아해서 물었더니 학생이 대답했습니다.

"저는 산악부 학생인데요, 산악부 훈련 중입니다."

돌 메고 왔다 갔다 하는 게 훈련이 아니라 산장 주인에게 꼭 필요한 가스통을 갖다 주는 것이 훈련이라고 했습니다.

"기왕 훈련하는 거, 봉사도 같이 하면 좋죠!"

학생의 환한 웃음이 참 보기 좋았습니다.

우리는 다른 사람의 도움 없이는 단 하루도 살 수 없는 존재들입니다. 내가 신은 신발, 내가 입은 옷, 내가 듣는 음악, 이 모든 것이 타인으로 인한 것이고, 알게 모르게 타인에 기대 살아가고 있는 중입니다.

힘들게 산에 오르고, 험난한 여행을 떠나는 것……. 우리는 혼자 살아가는 존재가 아니라는 사실을 깨닫기 위한 것인지도 모릅니다.

기도하는
사람들

　지인의 어머니는 아들의 생일이 되면 언제나 어떤 한 사람을 위해 기도를 드립니다. 그 사람 건강하고 행복하게 해달라고……. 예전에 아이 보기로 집에 들어와 살았던 한 소녀를 위한 기도입니다.

　그 당시 이십대 초반의 나이에 아이를 연년생으로 낳았는데, 아이들이 자꾸 울고 보채니 몸과 마음이 지쳐갔습니다. 너무 힘들어하니 친정에서 일을 도와줄 열두 살짜리 여자아이를 보내줬습니다. 굶지 말고 살라고 부모가 남의 집에 보낸 아이였는데, 열두 살아이가 뭘 할 수 있었겠습니까.

　지금 생각해 보면 열두 살 나이에 서투른 게 당연한 건데, 짜증이 나고 몸이 힘든 것을 그 아이에게 다 풀었습니다. 그렇게 1년 정도 아기를 돌봐주다 소녀는 떠나버렸는데, 지금도 어머니는 그 일이 마음에 걸린다고 합니다.

그 소녀도 누군가의 자식일 텐데, 그 부모가 얼마나 가슴이 아팠을까 생각하면 큰 죄를 지었다 생각됩니다. 그래서 아들의 생일이 되면 지금은 중년이 되었을 그 아이에게 속죄를 합니다. 미안하다고, 이해해 달라고. 그리고 하느님에게 기도합니다. 그 사람 행복하게 잘 살게 해달라고.

예전에 내가 드라마를 쓰면 어머니는 드라마 속 인물들을 위해 기도하기도 했습니다. 아픈 사람이 나오면 아픈 사람을 위해서 기도하고 드라마 속의 인물이 죽으면 내 딸이 드라마에서 죽게 했다고 용서해 달라고 기도했습니다.

세상의 어머니들은 그렇게 기도하는 사람들입니다. 내 자식을 위해서 기도하고, 어느 부모의 자식들을 위해서 또 기도하는 사람들입니다.

무거운 발걸음에
음표가 실리면

거리를 걷다가 큰 통유리가 있는 커피숍을 지나갔습니다. 커피숍 종업원이 유리창을 열심히 닦고 있었습니다.

반짝반짝 유리를 닦는 그 종업원 모습이 참 맑아 보여서 나도 모르게 고개를 끄떡하며 눈인사를 건넸습니다. 그 종업원 역시 나와 눈을 마주치고는 환하게 웃으며 인사를 건넸습니다.

나의 먼지 낀 마음이 유리창이 닦이듯 맑게 닦였습니다.

무거운 발걸음에 음표가 실렸습니다.

아이들이
보물찾기 놀이 할 때
보물을 감춰두는
바위 틈새 같은 데에

나무 구멍 같은 데에

행복은 아기자기

숨겨져 있을 거야.

〈행복〉이라는 허영자 시인의 시처럼 행복은 그리 먼 곳에 있지
않습니다. 주변에, 일상에, 아주 가까이 있습니다.

98세에는 사랑할래요

주말 오후 TV 채널을 이리저리 돌리다가 한 노교수의 강연에 시선이 머물렀습니다. 연세대 명예교수이자 철학자인 김형석 교수의 강연이었습니다.

96세의 노교수는, 20여 년 동안 병석에 있던 아내가 10년 전에 세상을 떠난 뒤 혼자 지내고 있다고 했습니다.

그는 나이 들면서 가장 힘든 것이 고독이라고 했습니다. 자식들도 걱정은 하지만 얼마나 고독한지 그것은 모른다고 했습니다. 강연을 듣는 내 눈이 뜨거워졌습니다. 그리고 문득 요양원에 계신 어머니 생각이 났습니다.

어머니가 언젠가 이런 말을 했습니다.

"네가 나중에 이런 고독을 느낄 걸 생각하면 가슴이 아프다."

그토록 고독이 사무치게 다가오는 노년의 시기를 어머니는 지나고 계십니다.

어머니와 같은 나이의 노교수는 고독을 이겨내기 위해서 공부를 한다고 했습니다. 자신을 더 성장시키기 위해 노력을 한다고 했습니다.

그리고 2년 후 98세가 되면 신문에 광고를 내고 싶다고 했습니다. 98세 된 노인이 혼자 있는데 사랑을 좀 하고 싶다고.

어느 출연자가 지금은 사랑하고 싶지 않느냐고 했더니 노교수가 대답했습니다.

"지금은 바쁘니 2년 후에 사랑할래요."

98세에는 사랑하겠다는 노교수의 얼굴은 해맑고 천진해서 마치 첫사랑을 기다리는 소년 같았습니다.

통과하면
햇살 가득한 들판

1993년생, 이십대 초반의 나이에 골프 역사상 최연소 메이저 연승을 하며 세계적인 골프 스타로 급부상한 조던 스피스. 미국의 골프 팬들은 이미 그를 골프 황제 타이거 우즈의 후계자로 인정하는 분위기입니다.

'골프 신동'으로 불리는 그는 우승을 해도 파티를 하지 않습니다. 집으로 돌아가 가족과 함께 조용히 우승을 자축합니다. 그에게는 우리가 모르는 아픔이 있습니다.

선천적 자폐를 앓고 있는 일곱 살 아래 여동생 엘리. 스피스는 자신의 홈페이지에 '엘리의 오빠이기 때문에 하루하루를 겸손하게 살 수 있다.'고 밝혔습니다. 동생에 대한 따뜻한 사랑이 마스터스 우승으로 가는 엔진이 된 셈입니다. 그에게 아픔이 없었더라면 누구나 칭찬하는 심지 곧고 진중한 청년으로, 목표가 뚜렷한 골프 우

상으로 성장할 수 있었을까요?

베트남의 민족운동 지도자 호치민의 어록에 이런 말이 있습니다.

"절굿공이 아래서 짓이겨지는 쌀은 얼마나 고통스러운가! 그
러나 수없이 두들김을 당한 다음에는 목화처럼 하얗게 쏟아
진다. 이 세상 인간사도 때로는 이와 같아서 역경이 사람을 빛
나는 옥으로 바꾸어놓는다."

대추 한 알이 익어가는 과정을 보아도 혼자 저절로 붉어지지 않
습니다. 그래서 시인 장석주는 이렇게 시를 씁니다.

저게 저절로 붉어질 리는 없다
저 안에 태풍 몇 개
저 안에 천둥 몇 개
저 안에 벼락 몇 개

벼가 익어 쌀이 될 때까지의 과정 역시 마찬가지입니다. 비와 바
람의 방문을 받고, 안개와 이슬의 방문도 받으며, 메뚜기, 지렁이도
다녀가고, 온갖 벌레의 습격도 받으며, 아침과 낮, 저녁과 밤의 수없
는 방문도 받으며, 땡볕과 천둥과 벼락의 심술도 받아가며 벼는 익

어갑니다.

사과나무와 감나무도 마찬가지입니다. 사람의 발소리와 자연의 숨소리를 접하고 신의 섭리까지 받아 안으며 과일을 내놓습니다.

그렇게 자연은 세상과 통하면서 하나의 가치를 지녀갑니다.

사람이라고 다를까요. 온화한 햇살만 받고 평화로운 이슬만 상대할 수는 없죠. 입술을 바짝 타게 하는 사막의 땡볕도 기습하고, 가슴을 찢는 천둥번개도 침범하고, 눈물을 흐르게 하는 비바람과 심장을 얼어붙게 하는 폭설도 방문합니다.

그렇게 세상과 통하는 동안 우리는 향기로운 과일이 되어가고, 빛나는 옥이 되어갑니다.

지금 비바람 속을 걷고 계신가요? 안개주의보가 발효 중인가요? 그곳을 통과하고 나면 햇살 가득한 들판입니다.

청소부가 된
농부

지인의 아버지는 전북 장수에서 농사를 짓는 분입니다. 그런데 농한기에 접어들면 언제나 큰 봉지를 들고 집을 나섭니다. 길가에 버려진 쓰레기를 줍기 위해서입니다.

농번기에는 농사를 짓느라 못하지만 한가한 시기에는 하루도 빠짐없이 쓰레기를 주우러 다니는 아버지. 좀 쉬시라고 말려도 아버지는 어김없이 집을 나섭니다.

그래서 아버지의 별명은 '전북 장수의 청소부'입니다. 동네 사람들이 알려서 방송에도 한 번 소개되었습니다.

아버지가 지나간 그 길로 누군가가 걸어갑니다. 아버지 덕에 말끔해진 길을 걸어가며 그 사람의 마음이 맑아집니다.

마종기 시인의 시 〈밤노래 2〉에 이런 구절이 있습니다.

전생이라는 것이 정말 있었다면
우리는 같은 동네 출신일 거야

같은 동네 출신이니까 이렇게 같은 나라, 같은 곳에 모여 사는 게
아닐까요?

이웃이 지나가는 길은 어쩌면 가족이 지나가는 길입니다.

조금의 수고로 이웃과 가족이 미소를 짓는다면 그것만으로 행복
한 사람들. 이들과 내가 같은 동네 출신이라는 사실만으로 참 행복
합니다.

마지막 말을
건네는 것처럼

아우슈비츠 수용소에서 부모와 동생을 잃은 여성이 있었습니다. 그녀는 15세 때 아우슈비츠 수용소로 끌려갔지요. 아우슈비츠 수용소로 떠나는 기차에 탔을 때 기차 안에서 동생이 신발을 잃어버린 걸 알게 되었습니다.

누나는 동생에게 화를 냈습니다.

"왜 그런 것 하나 변변하게 챙기지 못하니?"

그것이 동생과의 마지막 대화가 될 줄은 정말 몰랐습니다. 불행히도 동생이 살아남지 못했기 때문입니다.

그녀는 아우슈비츠 수용소를 나오면서 결심했습니다.

"무슨 말을 하든지 그것이 마지막 말이라는 마음으로 하자. 다른 사람에게 상처를 주지 말자."

그것이 인생의 목표가 되었다고 합니다.

보스턴 필하모닉 지휘자인 벤저민 잰더가 그의 강연에서 들려준 일화입니다.

다른 사람에게 상처를 주지 말고 살아가자는 결심, 어쩌면 가장 어려운 일인지도 모릅니다. 그러나 시도해 볼 만한 가치 있는 결심이라고 벤저민 젠더는 말했습니다.

영화 〈국제시장〉에 비슷한 장면이 나옵니다. 한국전쟁 때 흥남 부두에서 오빠가 여동생을 야단칩니다.

"우리가 지금 소풍 가는 줄 알아? 내 손 꼭 붙들어!"

그 말이 마지막 말이 될 줄은 몰랐습니다.

지금 상대방에게 하는 내 말이 생애 마지막 말이 될지도 모른다면 어떤 얘기들을 할까요?

너의 실수를 이해한다고, 내 곁에 있어줘서 고맙다고, 용서한다고, 미안하다고, 사랑한다고…… 이런 얘기들을 하지 않을까요?

사람은 태어나서 죽을 때까지 계속 말을 합니다. 어느 학자의 연구에 따르면 사람은 평생 5백만 마디의 말을 한다고 하지요.

말에도 온도가 있다면 나의 말은 몇 도나 될까요? 혹시 누군가를 얼어붙게 하는 온도는 아니었을까요?

"말은 불과 같다."

아프리카의 섬나라 마다가스카르의 격언입니다. 말이 몸을 따뜻하게도 해주지만 화상을 입힐 수도 있다는 경고입니다.

말로 입은 상처는 평생 갑니다. 말에는 지우개가 없습니다. 내 말이 상대의 가슴에 가서 꽃이 되는지 칼이 되는지 잘 헤아리며 말을 건네고 싶습니다.

노을의
배경

김현태의 소설《쌩떽쥐베리가 빠뜨리고 간 어린왕자》에 나온 말입니다.

"진정한 친구는 앞에 있는 게 아니에요. 늘 그늘진 곳에 숨어 있죠. 저 노을처럼 그저 배경으로 말이에요."

아들 재형이에게는 그런 친구가 있습니다. 이제 모습은 볼 수 없지만 언제나 마음에 있는 친구, 그래서 무슨 일을 하든 그 친구가 생각나고, 그로 인해 힘을 내게 되는 친구입니다.

재형이가 군 생활을 할 때, 선임이지만 나이는 어린 동생을 만났습니다. 그는 재형이를 무척 따랐고, 재형이도 힘든 군 생활 틈틈이 진학 공부를 하며 꿈을 키워가는 그의 열정을 응원했습니다. 두 사람은 서로 진로를 의논하거나 이런저런 고민을 나누며 친하게 지냈습니다.

어느 날, 그가 복통을 호소했고 병원에 실려가게 됐습니다. 잠깐 아픈 거라고 생각했는데, 서울에 있는 병원에 후송되어 진단하니 놀랍게도 위암 3기였습니다. 갑자기 제대를 하게 된 그는 작별하면서 환하게 웃는 얼굴로 말했습니다.

"형, 기다려. 형네 학교에서 곧 만나게 될 거야."

"그래. 꼭 그러자."

언젠가 휴가를 나와 그를 만나고 온 재형이가 밝게 웃으며 말했습니다.

"엄마, 내가 말한 그 동생, 대단해. 이제 다 나았대."

나도 재형이와 함께 진심으로 기뻐했습니다.

그런데 재형이가 제대하고 나서부터 연락이 되지 않았습니다. 재형이는 애타게 전화를 걸었지만, 그의 휴대전화는 꺼진 채 불통이었습니다. 불안한 재형이는 군대에 연락해서 그의 부모님 전화번호를 어렵게 알아내어 전화를 해봤습니다. 그런데 아버지도, 어머니도 전화를 받지 않았습니다. 재형이는 그가 사는 분당에 있는 종합병원을 다 뒤지고 다니기 시작했습니다. 그리고 극적으로 그의 소식을 듣게 되었습니다.

재형이가 소재를 찾아낸 그날, 그는 그만…… 저세상으로 떠났습니다. 오늘, 내일, 모레…… 죽음의 카운트다운이 진행되고 있던 터라 그도, 그의 부모도 전화를 받을 상황이 아니었던 것입니다.

전화기 너머로 나에게 그의 소식을 전하는 재형이의 목소리에 떨림이 실렸습니다. 떨리는 목소리 너머 아들의 슬픔이 만져지는 듯했습니다.

"잘 가라는 소리도 못했는데…… 작별 인사도 못했는데……."

나는 뭐라고 말을 해야 할지 몰라 한참 단어를 찾았습니다. 그 어떤 말도 위로가 되지 않을 것 같았습니다. 그 아이를 배웅하고 돌아온 재형이에게 나는 그저 따뜻한 된장찌개를 끓여서 빈 속을 채워줄 뿐이었습니다.

재형이는 한동안 방에 틀어박혀 있었습니다. 아픈 이별을 경험한 아들이 몸살을 앓다 나올 때까지 나는 그저 가만히 지켜볼 수밖에 없었습니다.

그는 마지막 가는 그날까지 꿈을 버리지 않고 공부하고 도전했다고 합니다. 아름다운 그 청년의 꿈이, 열정이, 그리고 그와의 추억이 재형이의 영혼에 각인되었습니다. 재형이는 빚졌습니다. 먼저 간 사람의 꿈은 남겨진 사람의 몫이니까요.

그 사람 자리에
서면

노사분규가 심한 회사에 전문 경영인으로 들어간 지인은 사장 임명장을 받자마자 노사 간의 갈등으로 골머리를 앓았습니다.

고심 끝에 그는 모두가 같이 꾸미는 연극을 무대에 올리기로 했습니다. 사장인 그가 수위 역할을 맡겠다고 했습니다. 그리고 수위에게는 사장 역할을 맡으라고 했습니다. 다른 직원들도 모두 사내에서 입장이 다른 사람의 역할을 맡아서 상황극을 시작했습니다. 그러자 사장은 수위 마음을, 수위는 사장 마음을 알게 되었습니다.

정기적으로 상황극을 무대에 올리는 행사를 열게 되었고 거짓말처럼 노사 분쟁이 사라졌습니다. 싸움은 결국 서로의 입장을 알지 못해 생긴 일이었던 것입니다.

이 세상에서 가장 힘든 일, 그것은 서로 입장 바꿔 생각하는 일이라고 하지요. 우산 장수는 비 오기를 바라고 짚신 장수는 비가 그치기를 바라는 것과 같은 이치를 우리는 자주 겪으며 살아갑니다. 그래서 서로 입장만 내세우다 보면 잡음도 생기고 서로 상처를 입히기도 합니다.

역지사지해야 하는데 좌지우지하려고 해서 문제입니다.

타인의 입장에 서서 생각하기, 평생 해야 할 인생 공부입니다.

이익을 내려고 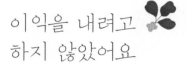 하지 않았어요

자장면을 팔아서 큰 부자가 된 사람에게 물었습니다.

"어떻게 장사를 하길래 이렇게 잘되나요?"

그가 대답했습니다.

"이익 볼 생각하고 장사하면 다 밑져요. 손해 본다 생각하고 그냥 막 줬어요. 노인이 들어오면 아버지 생각하며 면을 밀었고, 어린애가 들어오면 자식 생각하며 면을 밀었죠. 돈 생각 안 하고 했더니 돈이 들어오더라고요."

소위 대박을 낸 사람들의 이야기를 들어 보면 돈을 버는 방법에도 어떤 법칙이 있는 듯합니다.

'어떻게 하면 돈 적게 들이고 많이 벌까?'

이 생각을 하면 돈을 벌지 못합니다.

커피 전문점을 하더라도 '어떻게 하면 여기를 찾는 사람들을 커피로 행복하게 해줄까?' 하며 고민하고 노력하다 보면 잘될 수밖에 없다고 합니다.

식당도 마찬가지입니다.

'어떻게 하면 맛으로 손님들을 행복하게 해드릴까?'

'식사 후에 손님들이 어떻게 하면 기분 좋게 이 식당을 나갈까?'

이런 고민을 하며 부지런하게 싱싱한 재료도 사오고 방법을 모색하다 보면, 어느 날부터 장사가 잘되기 시작한다고 합니다. 진정성이 손님들에게 전달되는 것입니다.

그 일을 통해 돈 많이 벌겠다는 욕심이 아니라 그 일을 통해 사람들에게 행복을 주고 기쁨을 주고 싶다는 소명감, 사람을 좋아하고 그 사람에게 이로운 일을 하겠다는 진정성, 그것이 내 꿈을 이뤄주는 가장 중요한 수단은 아닐까요?

가장
행복한 날

후배 작가는 아주 바쁘게 작업해야 하는 시기에 유치원 다니는 딸이 자꾸 놀아달라고 해서 마지못해 하루 휴가를 냈습니다.

딸과 함께 물놀이를 다녀온 날, 후배는 생각했습니다. 나는 오늘 하루를 완전히 허비했다고…….

그런데 잠든 딸아이 옆에 놓인 그림 일기장을 보고 후배는 뭉클했습니다. 그림 속의 딸아이는 세상에서 가장 행복하게 웃고 있었습니다.

그날은 헛되이 보낸 날이 아니었습니다. 그날이야말로 인생에서 가장 창의적으로 보낸 날, 가장 보람 있는 일을 한 날이었습니다.

사랑하는 사람과 함께하는 시간은 소비의 시간이 아닙니다. 차곡차곡 쌓아가는 추억의 시간입니다.

후배는 자는 딸아이의 머리카락을 자근자근 만져주었습니다. 꿈 속에서도 엄마와 물놀이를 하는 듯 딸아이의 입가에 자꾸 미소가 번졌습니다.

섬마을
음악대

작은 섬마을에서 초등학교를 다닌 사람의 이야기입니다.

그녀가 초등학교 3학년 때였습니다. 동네를 휘젓고 돌아다니는 일 말고는 그다지 특별한 이벤트가 없던 아이들……. 부모들이 농부, 어부들이라 외식 한번, 나들이 한번 못 다녔지요.

3학년 담임 선생님이 군에서 주최하는 음악 콩쿠르에 나가자고 해서 두어 달 합주 연습을 했습니다. 단원은 반 전체 25명. 악기라야 참 볼품없었습니다. 큰북, 작은북, 리코더, 캐스터네츠, 트라이앵글, 심벌즈. 학교에 비치된 악기는 그것들뿐이었습니다.

그래도 모두 삑삑삑삑…… 산으로 들로 다니면서 신나게 리코더를 불어댔지요.

명색이 합주단원이니 옷은 맞추어 입어야 했습니다. 청바지에 흰 티셔츠를 입고 오라고 했는데, 그것도 없어서 여기저기 빌리고 울고불고 생난리를 피워야 했습니다.

드디어 큰 배를 타고 콩쿠르 장으로 출발했습니다. 멀미에다 긴장이 더해져 낯빛이 하얗게 된 아이들이 꽤 많았습니다.

군 소재 초등학교들이 총출동했는지 콩쿠르 장은 단체복을 맞춰입은 학생들로 북적북적했습니다.

학교를 출발할 때까지는 자신만만해하던 아이들 표정이 썩 좋지 않았습니다. 단체복을 제대로 맞춰 입은 다른 학교 아이들에게 의상에서 밀리고, 듣도 보도 못한 악기들을 쾅쾅 울려대니 기가 죽을 수밖에요.

"우아, 아코디언이랑 드럼도 있어."

아이들이 기가 죽어 있는데 선생님이 말했습니다.

"니들 손에 들려 있는 리코더가 제일 좋은 소리를 내는 최고 악기니까 실력 제대로 보여줘라."

아이들은 선생님 말만 믿고 합주를 마쳤습니다.

결과는, 아코디언이고 드럼이고 무대의상이고 다 물리치고 섬마을 음악대가 우승을 거머쥐었습니다. 영혼을 울리는 합주였다고 심사위원들이 말해주었습니다.

아이들은 돌아오는 배에서 실컷 웃고 떠들어댔습니다. 처음이라 겁먹고 들어간 세상은 겁낼 필요 없는 신나는 곳이구나, 자신만만

해졌습니다.

그때 선생님이 하신 말씀, '내 손에 들고 있는 것이 세상에서 제일 좋은 악기'라는 그 말씀은 아직도 그녀의 귀에 생생합니다.

내가 들고 있는 나의 것, 그것이 최고 재산입니다. 그러니 남이 들고 있는 남의 것을 부러워하기 전에 내가 들고 있는 나의 것을 부지런히 사랑해야 합니다.

무슨 일
있었나요?

　소연은 괴로운 상황에서 직장 동료와 술을 마시다가 실수를 하고 말았습니다. 마음이 괴로우니 술이 부대꼈고, 그 탓에 평소에 하지 않던 오바이트를 하고 말실수에 주사까지 떨었습니다.

　다음 날 아침 일어나 기억을 더듬으니 쥐구멍에라도 들어가고 싶었습니다. 주사를 동료가 다 받아주고 택시에 태워 집까지 데려다준 것이 하나하나 생각났기 때문입니다. 술자리를 같이 하다가 괜히 봉변을 당한 그 동료에게 문자를 보냈습니다.

　"정말 죄송합니다. 실례가 많았습니다."

　그러자 동료에게서 문자가 왔습니다.

　"무슨 일 있었나요? 잊어도 될 것은 잊고 삽시다."

　동료는 그 이후 단 한 번도 그 실수를 꺼내지 않았습니다. 누구에게도 그 이야기를 하지 않았고 언제나처럼 다정하게 대했습니다.

그 후 소연은 술버릇을 완전히 고쳤습니다. 따뜻한 동료의 마음이 그녀의 술버릇을 고쳐놓은 것입니다.

소연은 생각했습니다. 누군가의 실수를 들춰내고 책망하는 사람이 아니라 누군가의 실수를 따뜻이 이해하고 잘 덮어주는 사람이 되자고…….

우리는 누구나 실수하며 살아갑니다. 순간의 감정을 이기지 못해 하지 않아야 할 말을 해버리기도 하고 잘하려고 했는데 뜻대로 되지 않아 실수를 하기도 합니다. 실수 때문에 헤어진 사람도 있고, 실수 때문에 포기한 꿈도 있습니다.

따지고 보면 온 세상이 실수 천지인 셈입니다.

괴테도 말했지요.

"노력하는 한 인간은 실수한다."

　노력도 하니까 실수를 하는 것이겠지요. 애를 쓰다 보니 실수도
나오는 것이겠지요.
　그 앞에서는 실수할까 봐 마음을 졸이는 당신도 있고, 그 앞에서
는 실수해도 좋으니 마음이 아주 편한 당신도 있습니다. 한 번의 실
수에 밤잠을 못 이루고 괴로워하는 당신도 있고, 실수를 했지만 더
좋은 기회로 삼는 당신도 있습니다.

　"실수하니까 인간이지." 하며 다시 한 번 힘을 내는 당신, 나의 잦
은 실수에도 그저 웃어주고 참아주는 당신이 좋습니다.

인생
수선공

동네 길모퉁이를 돌아서면 구두 수선집이 있습니다. 그곳에 가면 언제나 친절한 미소로 반겨주는 사장님이 있습니다. 그런데 그 구두 수선집에는 낡은 구두가 언제나 가득합니다.

어느 날 궁금해서 물었습니다.

"항상 구두가 많은데, 이걸 다 수선하는 거예요?"

그러자 사장님 옆에 있던 동네 사람이 말해주었습니다.

"새로 이사 와서 모르시는 모양이네. 안 신는 구두 있으면 가져오세요."

알고 봤더니 안 신는 구두들을 모아다가 말끔히 수선하고 반짝반짝 닦아서 불우이웃을 돕는다고 했습니다. 그런 일을 한 지 10년이 되어가는데 동네에 알려지면서 집집마다 안 신는 구두들을 가져다준다고 했습니다.

"내가 뭐 가진 것도 없고 다른 재주도 없고 해서요. 허허허."

혼자 사는 노인들에게 반짝반짝 닦은 구두를 가져다주면 그렇게 좋아하신다며 행복해했습니다.

돌아가신 아버지에게 구두 한번 못 사드린 게 한이 되어서 처음에 그 일을 시작했다는 그 사람, 내가 할 수 있는 일로, 내가 할 수 있는 방법으로 주변을 돌아보고 타인을 돕는 그 사람, 그가 고치는 것은 구두만이 아닙니다.

슬픈 마음, 찢어진 마음을 고치는 인생 수선공입니다.

진짜
엄마

정은은 사춘기 시절, 엄마가 친엄마가 아니라는 사실을 알게 되었습니다.

한창 예민한 시기에 그 사실을 알고 방황했습니다. 새엄마를 괴롭히는 일이면 다 하고 다녔습니다. 엄마를 좋아했던 만큼 배신감이 컸고 엄마를 괴롭히고 싶었습니다.

어느 날 새엄마가 말했습니다.

"친엄마 보고 싶은 거 이해해. 그런데 나중에 친엄마한테 자랑스럽게 나서려면 이렇게 살면 안 돼."

정은은 하지 않아야 할 말을 내뱉고 말았습니다. 당신이 뭔데 참견이냐는 말을……. 갓난아기 때부터 십수 년을 친자식처럼 키워 온 엄마에게 해서는 안 될 말이었습니다.

새엄마는 그 후로 잔소리도 못 하고 그저 지켜만 보았습니다. 사고를 일으키는 날이면 학교에 와서 연신 고개를 조아렸고, 곤두박질친 정은의 성적표를 보며 깊은 한숨을 내쉬었습니다.

고등학교에 올라간 후 체육 선생님의 권유로 육상부에 들게 되었습니다. 먼 곳으로 전지훈련을 가게 되었고 거친 훈련이 시작되었습니다. 너무 힘들어서 그만두고 싶었지만 운동이 아니면 다른 출구가 없는 것 같아 견디고 있었습니다. 그날도 고된 훈련을 마치고 밤에 잠을 청하려는데 보고 싶은 얼굴이 있었습니다.

새엄마…… 그분이 보고 싶었습니다. 그분의 품속에서 행복했던 유년 시절의 기억들이 파노라마처럼 스쳐갔습니다.

휴대전화도 훈련 기간 동안 모두 선생님에게 맡겼기 때문에 슬그머니 일어나 공중전화 박스로 갔습니다. 그리고 집으로 전화를 걸었습니다.

새엄마가 전화를 받았습니다.

"여보세요."

새엄마 목소리를 듣자 울컥 설움이 치밀어 올랐습니다. 말을 못하고 있는데 수화기 너머에서 말했습니다.

"정은이구나? 잘 지내는 거야, 내 딸?"

정은은 수화기를 내려놓고 그만 울어버렸습니다.

정은은 이제 어엿한 한 아이의 엄마가 되었습니다. 그리고 낳기만 한 엄마가 아니라 아픈 아이를 들춰 업고 병원으로 뛰어가고, 아이가 열이 날 때 같이 가슴앓이를 하고, 아이가 비뚤어질 때 오히려 제 마음에 회초리를 맞고, 몇천 번, 몇만 번 가슴이 내려앉으며 그렇게 키운 엄마가 진짜 엄마라는 것을 깨닫게 되었습니다.

인생
제7막

　100세 할머니가 스카이다이빙을 하다니! 신문을 보다가 깜짝 놀랐습니다. 미국의 일리노어 커닝엄이라는 할머니가 100세 생일을 자축하기 위해 스카이다이빙에 나섰다는 기사입니다.

　어느 날인가는 SBS의 〈순간포착 세상에 이런 일이〉를 보다가 또 깜짝 놀랐습니다. 스키장에서 최상급 코스를 누비는 70대 부부가 나온 것입니다. 웬만한 고수들도 도전하기 힘든 난코스에서 자유자재로 보드를 타는 할아버지. 아내와 함께 보드 복을 세트로 맞춰 입고 최상급 코스를 누비고 있었습니다.

　"이 나이에 내가 뭘!" 하며 이런저런 시도를 포기하는 마음에 한 줄기 바람이 불어들었습니다.

　대문호 톨스토이는 67세 때 처음으로 자전거 타기를 배웠다고 하지요. 그 나이에 자전거를 배웠으면서도 그는 "사흘 배웠는데 코 한 번 안 깼다."고 좋아하며 자랑했다고 합니다.

셰익스피어는, 인생은 7막으로 구성되어 있는데 마지막 7막에 이르면 '제2의 천진함'을 갖게 된다고 했지요. 7막에 다시 천진함을 갖게 된다고 하는데, 5막, 6막에 이르러 다음 막을 여는 것 자체를 포기하는 건 아닌지요.

인생에서 찬란하지 않은 순간은 없습니다. 나이가 들수록 인생이 더 반짝이고 더 아름다워집니다. 그래서 그리스의 작가 소포클레스도 이런 명언을 남겼나 봅니다.

"늙어가는 사람만큼 인생을 사랑하는 이는 없다."

꽃반지
여인

"잠깐만요!"

엘리베이터로 뛰어오는 사람을 위해 닫히려는 엘리베이터 문을 열고 기다려주었습니다.

위층에 사는 여인이었습니다. 여인은 기다려줘서 고맙다며 뭔가를 내밀었습니다. 예쁜 꽃반지였습니다.

"어머, 이게 뭐예요?"

"산책 나갔다가 하얀 제비꽃이 보이길래 어릴 때가 생각나서 꽃반지를 만들어봤어요."

내 손가락을 잡아당겨 그 반지를 끼워주었습니다.

"어머나! 꽃반지는 처음 껴봐요. 잘 맞네요."

예쁘다며 감탄사를 터뜨리니 위층 여인이 웃으며 말했습니다.

"하얀 제비꽃은 향기도 난답니다."

그 꽃반지가 시드는 게 아까워서 카메라로 꽃반지 낀 손을 찍어 두었습니다.

삭막한 도시의 하늘 아래지만, 꽃반지를 만들어 이웃에게 끼워주는 사람이 삽니다.

이웃이 준 꽃반지 하나에 온 세상을 다 선물 받은 듯 행복합니다.

당신에게
평생 빚졌다

후배 수진의 남편은 친어머니와 어릴 때 헤어져 엄마 얼굴도 모른 채 살아왔습니다. 그러다가 50의 나이를 훌쩍 넘기고 나서야 친어머니를 처음 만날 수 있었습니다.

그것도 병상에 있는 어머니, 죽음을 앞둔 어머니를…….

어머니는 재혼해서 자식도 없이 가난하게 살아왔다고 했습니다. 아버지한테 새 여자가 생기면서 내쫓겼지만 자식을 집에 두고 간 죄로 자식 앞에 나타날 수가 없었다고 했습니다.

가난하고 힘들게 살아온, 이제는 병든 어머니를 만나고 온 남편은 내내 괴로워했습니다. 어릴 때는 안 보여서 외롭게 하더니 다 커서는 가난하고 병들어 자식 가슴을 찢어놓는다며 남편은 술잔을 기울였습니다.

남편의 어머니가 돌아가신 후, 수진은 직접 나서서 장례를 살뜰히 치렀습니다. 만나지 못하고 살아왔지만 그래도 남편의 어머니였습니다.

그런데 문제는 남겨진 어머니의 남편이었습니다. 어머니와 함께 살아온 그분은 참 선한 인상을 가진 노인이었는데, 돈 한 푼 없는 데다 몸이 약하고 치매 증세를 보이고 있었습니다.

수진은 생각다 못해 그분을 집과 아주 가까운 요양원으로 모셨습니다. 그리고 지금도 자주 찾아가 살뜰하게 챙겨드립니다.

집과 가까운 요양원으로 모셔가기 위해 연일 뛰어다니며 복잡한 서류를 챙기는 수진을 모두 이해하지 못했습니다. 남편마저도 그럴 필요가 없다고 했습니다. 그러나 수진은 말했습니다.

"당신 어머니와 반평생 사신 분이면 아버지와 같아요. 이렇게나마 챙겨드릴 수 있어서 얼마나 좋아요."

남편이 수진을 가만히 안아주었습니다. 그리고 말했습니다.

"고맙다. 평생 당신에게 빚졌다 생각하고 살게."

그의
인사법

언니는 SBS 라디오 방송 프로그램 〈러브FM 이숙영입니다〉의 작가입니다. 방송사 복도에서 언니는 9시부터 프로그램을 진행하는 김창완 씨와 자주 마주칩니다. 김창완 씨는 복도에서 언니를 보면 항상 크게 외칩니다.

"와! 송정연 작가다!"

"안녕하세요?"도 아니고 "좋은 아침!"도 아니고, 매번 "와, 송정연 작가다!"라고 감탄사처럼 크게 외칩니다.

그 감탄사는 언니에게 존재감을 심어줍니다. 괜히 기운이 나게 합니다.

한 번쯤은 내가 선수 쳐서 인사해야지 하지만 언니는 매번 그 선수를 놓칩니다.

언제나 "와, 송정연 작가다!" 반가운 그 소리가 저 멀리서 불현듯 들리기 때문입니다.

3초 먼저 인사하기, 힘찬 인사로 상대방의 기를 살려주기.

인사법의 대가인 그의 인사를 받게 될 거라는 기대감 하나만으로도 아침은 충분히 행복해집니다.

나는 혼자가
아니다

첫 번째 선물은 인생

두 번째 선물은 사랑

세 번째 선물은 이해

미국의 사회운동가이며 작가인 마지 피어시의 이 말이 떠오르는 명판결이 있습니다.

김귀옥 부장판사는 절도, 폭행 등의 범죄 이력으로 법정에 선 소녀를 봤습니다. 원래는 간호사의 꿈을 가졌던 밝은 소녀였습니다. 하지만 남학생들에게 끌려가 집단폭행을 당한 뒤 삶이 완전히 달라져버렸습니다.

어머니는 충격으로 신체 마비 증상을 일으켰고, 소녀는 보호자 없이 방황하며 살아야 했습니다.

부장판사는 이런 판결을 내렸습니다.

'법정에서 일어나 큰 소리로 외치기'

그 소녀는 자리에서 일어났고, 판사가 따라 하라는 대로 이렇게 외쳤습니다.

"나는 무엇이든 할 수 있다!"

"이 세상에는 나 혼자가 아니다!"

이 세상에는 나 혼자가 아니라고 외치던 소녀는 그만 참고 있던 눈물을 터뜨렸습니다. 소녀의 어머니도 울었고, 재판 진행을 돕던 다른 이들도 눈물을 흘렸습니다.

판사는 울고 있는 소녀를 바라보며 말했습니다.

"이 아이는 가해자로 재판에 왔습니다. 그러나 누가 이 아이에게 가해자라고 쉽사리 말할 수 있겠습니까? 아이의 잘못이 있다면 자존감을 잃어버린 것입니다. 그러니 스스로 자존감을 찾게 하는 처분을 내려야지요."

그리고 손을 뻗어 소녀의 두 손을 잡았습니다.

"마음 같아서는 꼭 안아주고 싶은데 우리 사이를 법대가 가로막고 있어 이 정도밖에 못해 주겠구나."

이 재판은 비공개로 열렸지만 서울 가정법원 내에서 화제가 되면서 뒤늦게 알려졌습니다.

그 소녀는 지금 무엇을 하고 있을까요? 법적인 처분보다 자존감 회복이 더 중요했던 시기에 따뜻한 한 어른의 신뢰와 마음이 더 따끔한 회초리가 되었을 거라고 확신합니다.

믿고 싶습니다. 판사의 바람대로 그녀는 자존감을 회복했을 거라고, 세상에서 혼자가 아님을 깊이 새기고 있을 거라고, 그리고 무엇이든 할 수 있다는 자신감으로 세상에 뛰어들어 환하게 웃고 있을 거라고.

매일매일
버티기

드라마 작가 공부를 하는 제자들을 위해 나는 종종 배우 오달수 씨의 인터뷰 기사를 인용해 말합니다.

버티면 된다고. 무조건 버티라고.

배우 오달수 씨는 대학 시절 아르바이트를 하던 인쇄소에서 포스터 배달을 시켜서 극단에 처음 발을 들여놓았습니다. 그런데 극단 연습실인 그곳에서 그의 인생을 바꿔놓는 장면을 목격했습니다.

연극배우들이 커다란 밥솥에 멸치 몇 마리 들어간 게 전부인 김치죽을 끓여서 나눠 먹고 있었습니다. 죽 한 숟가락씩 나눠 먹으면서 버티는 그 인간적인 모습에서 오달수 씨는 오히려 삶의 가치를 느꼈습니다.

그 순간 중학교 생물 시간 때의 기억도 함께 떠올랐다고 합니다.

바다가 보이는 창가에서 선생님이 질문을 던졌습니다.

"해녀가 추운 겨울에도 바다에 들어 갈 수 있는 이유가 뭐겠나?"

학생들의 대답은 '익숙해서'였습니다. 그러나 선생님의 답은 이 랬습니다.

"어제도 들어갔기 때문에 오늘도 들어간다."

배우로서의 삶은 매일매일 버티는 것의 연속이었다고 했습니다.

바위를 산 위로 올리는 일을 끝까지 멈출 수 없었던 그리스 신화 의 시시포스가 떠오릅니다.

누구의 삶이라도 다 그런 것 아닐까요? 매일매일 쉬지 않고 하는 것, 매일매일 버티는 것.

이것이 꿈으로 가기 위한 유일한 비법입니다. 그리고 인생을 살 아내기 위한 유일한 방법입니다.

어머니에게
가장 소중한 것

　꽃이 지고 난 자리에 돋아난 잎사귀를 보고 "연두꽃이 피었네!" 하시던 어머니, 세상에서 제일 예쁜 꽃은 연두꽃이라던 어머니와 연두꽃 피는 5월에 요양원 주변을 산책했습니다.

　언제나처럼 언니와 나는 손편지에 쓴 시를 들고 가서 어머니에게 읽어드렸습니다.

　내 나이를 세어 무엇하리
　나는 지금 5월 속에 있다

　피천득 선생의 시를 읽어드리니 어머니 얼굴에 살포시 미소가 그려졌습니다.

휠체어에 타고 우리와 산책하는 내내 어머니는 우리가 드린 손편지를 쥐고 있었습니다. 바람이 불어서 날아갈까 봐 손에 꼬옥 쥐고 절대 놓지 않았습니다.

"엄마, 그거 잠깐 나 줘요. 내가 가지고 있을게요."라고 해도 주지 않았습니다.

바람이 불어 손편지를 자꾸 흔들어도, 어머니는 누구에게도 뺏기기 싫다는 듯, 가장 소중한 그 무엇을 움켜쥐듯 딸이 쓴 손편지를 들고 있었습니다.

돈도, 옷도, 맛있는 것도 어머니 손에서 몇 초 이상 머문 적이 없지만 딸들이 사랑을 담아 쓴 손편지만큼은 어머니 손에서 오래오래 놓지 않았습니다.

4장

잃은 것을 헤아리지 않는
인생 셈법

가족은
예쁜 거야

　예전에 KBS 주말 예능 〈슈퍼맨이 돌아왔다〉라는 프로그램에서
타블로와 강혜정 부부의 딸 하루가 나올 때였습니다.

　어느 추운 겨울날, 하루가 아빠와 함께 할아버지 묘에 찾아갔습
니다. 그런데 하루가 핫팩을 꺼내더니 할아버지의 묘비에 그 핫팩
을 붙여주는 것이 아니겠습니까. 묘비 아래 할아버지가 계신다고
하니까 할아버지가 추울까 봐 핫팩을 붙여주는 것이었습니다.

　그 모습을 보는 아빠의 눈에 눈물이 맺히자 하루는 아빠의 가슴
에도 핫팩을 붙여주었습니다. 그리고 말했습니다.

　"아빠 마음 따뜻하게."

　하루는 꽃이 춥겠다고 하며 꽃들 위에 담요를 덮어주고 할아버지
묘에도 담요를 덮어주었습니다. 그리고 할아버지 묘에 엎드리는가
싶더니 두 팔을 벌리며 말했습니다.

"안아줄래."

아빠가 말했습니다.

"할아버지 되게 따뜻하겠다."

할아버지가 하늘에 계신다고 하니까 밤을 까서 하늘에 건네기도 합니다.

"너무 멀리 있어서 손이 안 닿아." 하며 "할아버지, 한입 드세요." 라고 말하는 하루. 그 아이에게 아빠가 묻습니다.

"사랑이 뭐야?"

하루가 대답합니다.

"아빠가 하루를 웃게 해주는 건 사랑이에요."

"가족이 뭐야?"라는 질문에는 "가족은 참 예쁜 거예요."라고 대답하는 하루.

그 아이의 순수한 말처럼 사랑은 서로 웃게 해주는 것입니다. 그리고 가족은 예쁜 것입니다.

힘든 일도 있지만, 헤쳐 나가야 할 일도 많지만, 그래서 짜증이 날 때도 많지만…… 그럼에도 불구하고 서로 손잡고 웃어요.

사랑은 웃게 해주는 거니까, 가족은 예쁜 거니까, 그리고 우리는 서로 사랑해야 할 가족이니까요.

뭐가 그렇게
조급하냐?

어느 대학에 가수 전인권 씨가 공연을 갔습니다. 객석에 앉은 대학생들을 보니 하나같이 시름에 찌든 얼굴이었습니다. 스펙 쌓기에 여념이 없고 취업 준비에 시들어가는 청춘들이었습니다.

하얗게 센 장발을 하고 늘어진 티셔츠에 찢어진 청바지를 입은 전인권 씨가 마이크를 잡더니 말했습니다.

"야! 내 나이 60이야. 그런데 이러고 살아. 니들, 뭐가 그렇게 조급하냐?"

그 말에 거기 앉은 대학생들이 모두 울먹였다고 합니다.

요즘 젊은이들에게 성취욕을 심어주는 일은 어쩐지 잔인합니다. 성취욕이야 넘쳐나죠. 그러나 그 마음으로 성취해 낼 것이 없습니다. 취업준비생도 힘들고 그 부모님들도 힘듭니다.

고통스러운 청년, 고단한 중년, 고독한 노년…….

우리 사회가 요즘 '고3 시대'라고들 합니다. 고통스럽고 고단하고 고독하고…… 인생의 골짜기마다 '고춤'가 있습니다.

그럼에도 불구하고 환하게 웃으며 그 골짜기들을 넘어가고 있는 당신, 그럼에도 불구하고 희망을 절대 놓지 않는 당신, 그런 당신을 존경합니다.

"오, 마크툽!"

이 말은 아랍어인데, "어차피 그렇게 될 일이다!"라는 뜻이라고 하지요. 오래 소망하면 이뤄진다는 뜻이기도 합니다.

오래오래 꿈꾸던 일이 꼭 이뤄질 거예요. 그래서 "오, 마크툽!" 이렇게 외칠 수 있을 거예요.

굿 뉴스,
배드 뉴스

언제나 배드 뉴스를 전하는 사람이 있습니다. 그리고 언제나 굿 뉴스를 전하는 사람이 있습니다.

늘 세상의 부정적인 쪽을 보면서 비판하고 비난하는 사람의 이야기를 들으면 세상이 정말 어둡고 절망적인 곳으로 변합니다.

그러나 세상의 환한 쪽으로 시선을 돌리고 좋은 사람 이야기를, 희망적인 이야기를 들으면 세상이 살 만한 곳으로 변합니다.

수많은 뉴스, 수많은 정보가 쏟아져 나오며 무차별적으로 전달받는 시대, 그 전달받은 뉴스를 우리는 누군가에게 전달합니다. 우리가 사회의 순기능과 역기능을 만드는 셈입니다. 좋은 소식도, 나쁜 소식도, 힘든 소식도 일부분이니까요.

그런 만큼 편집자의 역할이 참 중요한 시대입니다. 타인에게 이 정보를 전할 때 어떻게 전해야 할지, 그 정보가 과연 사회에 어떤 기능을 만들게 될지, 어떤 것은 전하고 어떤 것은 말아야 할지 잘 생각하며 전해야 하는 것입니다.

굿 뉴스와 배드 뉴스를 어떻게 전하고 어떻게 받아들여야 하는지 지혜가 필요합니다.

루이제 린저가 말했지요. 물방울 몇 방울이 더럽다고 바다 전체가 더러워지지는 않는다고. 이 세상도 바다처럼 정화되는 기능이 있습니다.

가능하면 좋은 소식, 환한 소식을 전해주세요.

삶의 아름답고 따뜻한 쪽에 시선을 두는 사람, 그런 렌즈를 선물하는 사람이 참 좋은 당신입니다.

엄마의
소포를 받고

2남 4녀 아이들이 자라 객지로 나가 공부하는 동안 어머니는 소포 상자를 수없이 꾸렸습니다.

귤이며 옥돔이며 된장, 간장, 김치 등을 싸서 보내는 동안 어머니의 소포 꾸리는 솜씨는 점점 야무져갔습니다.

어머니의 소포 안에는 항상 편지가 들어 있었습니다.

"옥돔은 기름을 조금만 두르고 구워라."

"귤은 냉장고에 두면 맛이 시다. 밖에 두어 익히면서 먹는 것이 좋다."

언제나 45킬로그램을 넘지 않은 가녀린 몸매에도 자식들에게 소포를 보낼 때 상자 끈을 매는 힘만큼은 장사 같았던 우리 어머니.

그런데 어느 날 어머니의 소포를 받았는데 그 상자의 끈이 느슨

해져 있었습니다. 끈의 매듭을 보면 어머니 솜씨인 것은 분명한데,
이제는 어머니의 힘이 약해진 것입니다.

  아, 어머니…….
  느슨해진 끈을 풀어내다가 내 가슴이 덜컹 내려앉았습니다.

잃은 것을 헤아리지 않는
인생 셈법

친구 인숙은 고심했습니다.

딸 둘이 한참 어릴 때 남편을 여읜 친구가 있는데, 그 친구가 딸들의 대학 등록금이 없어 고민한다는 것을 전해 들은 것입니다.

친구는 혼자 어렵게 살아왔지만 두 딸을 훌륭하게 키웠습니다. 딸 둘이 미술 대학을 다니는데, 매 학기마다 등록금 때문에 등이 휠 것 같았습니다. 그러나 자존심이 유난히 강한 친구여서 도움을 받지 않으려고 할 것이 분명했습니다.

인숙은 고민하다가 친구에게 말했습니다.

"내가 아마추어 화가들 그림을 모으는 중이거든. 네 딸들이 유명 화가가 되기 전에 그림을 얻고 싶은데, 한 작품씩만 그려달라고 해줄 수 있니?"

친구의 딸들은 열심히 그림을 그렸습니다. 도화지에 그린 그림을 건네면서 친구가 말했습니다.

"미안해. 표구를 해서 주면 좋을 텐데……."

표구비도 없었으리라는 것을 인숙은 잘 알고 있었습니다. 봉투 두 개를 건네며 말했습니다.

"미래의 화가분들께 작품비라고 전해줘. 많이는 못 넣었다. 아직 프로가 아니니까 이 정도로 봐달라고 해."

친구가 손사래를 치며 받지 않으려고 했지만 그녀의 가방에 봉투를 넣으며 말했습니다.

"너한테 주는 돈이 아니라 화가분들께 주는 작품비야."

그 후 친구의 딸들은 둘 다 열심히 공부해서 장학금을 받게 되었습니다. 친구는 말했습니다.

"우리 딸들이 네가 준 봉투를 받더니 긴장하더라고. 벌써 작품비를 챙겨주는 분이 계시니까 열심히 할 수밖에 없더래. 고맙다. 우리 딸들이 장학금 받는 거, 다 네 덕분이야."

인숙이 쾌활한 목소리로 말했습니다.

"내가 고맙지. 너희 딸들이 유명 화가가 되면 내 그림 값이 팍팍 오를 거 아니니."

친구도 하하 웃었습니다.

누군가가 힘든 상황이면, 그의 마음이 다치지 않게 그에게 작은 웃음 하나를 보태주는 일, 참 가치 있는 일입니다.

생의 마지막 순간에 이르러 자기가 걸어온 길을 되돌아볼 때 가장 가치 있는 단 하나의 질문, 그것은 "나는 누군가를 얼마나 사랑했는가?"입니다.

에밀리 디킨슨은 이렇게 노래했습니다.

"아픈 마음 하나 달랠 수 있다면 나 헛되이 사는 게 아니리."

사실 잃은 것 헤아리면 끝이 없지요. 가슴 아픈 상실이 왜 없을까요? 그러나 잃은 것은 헤아리지 않는 것이 가장 좋은 인생의 셈법입니다. 얻은 것만도 그 수를 헤아릴 수 없기 때문입니다.

흰 머리카락만 세지 말고 사람을 세고, 몸무게만 달지 말고 마음 무게를 달아본다면, 지난날들이 누구에게나 값진 날들임을 알게 될 것입니다.

만 원짜리
한 장

서진은 어릴 적부터 시골에서 서울로 유학을 와서 혼자 자취 생활을 했습니다. 서진이 오랫동안 살아온 동네의 어르신들은 항상 서진을 어린 학생으로만 보았습니다.

어느 날 길을 가다가 이웃집에 사는 할아버지와 마주쳤습니다. 인사를 하고 지나가려는데 등 뒤에서 할아버지가 서진의 이름을 불렀습니다.

"서진아, 이리 와봐라."

서진이 다가가니 할아버지는 꼬깃꼬깃한 만 원짜리 한 장을 주머니에서 꺼내주었습니다.

"책 사봐라."

괜찮다고 하는데도 서진의 손에 한사코 돈을 쥐여주고는 휘이휘이 걸어가던 할아버지의 뒷모습을 서진은 지금도 종종 생각합니다.

할아버지의 그 꼬깃꼬깃한 만 원짜리 한 장은 서진의 인생을 바꿔놓았습니다.

너무 힘든 때라 그 돈으로 맛있는 밥이라도 사먹고 싶었지만, 그 돈만큼은 할아버지의 말처럼 책을 사는 데 써야 할 것 같았습니다.

죽고 싶을 만큼 외로웠던 마음을 어루만져준 한 권의 책, 그 안에 담긴 글들이 모두 세상의 어른들이 서진에게 전해주는 말처럼 느껴졌습니다.

할아버지의 만 원짜리 한 장 덕에 서진은 작가의 꿈을 키우며 오늘도 씩씩하게 살아갑니다.

거절의
경험

제자 민주가 첫 책 《너는 알지》를 품고 인사하러 왔습니다.

"선생님, 드디어 제 책이 나왔어요."

나는 내 책을 낸 것보다 더 기뻐서 팔짝팔짝 뛰었습니다.

민주는 그동안 숱하게 출간을 거절당했습니다. 수십 번 넘게 거절당하는데 지칠 만도 했습니다. 그러나 민주는 쉽게 포기하지 않았습니다.

신춘문예에 공모작을 보내고 출판사, 영화사의 문을 숱하게 두드리다가 결국 어느 하나의 문이 열린 것입니다.

《백 년 동안의 고독Cien años de soledad》의 저자 가브리엘 가르시아 마르케스도 수없이 거절당한 경험이 있다고 합니다. 그런데 거절을 당할 때마다 그는 이렇게 받아들였다고 하지요.

"제게 고통의 경력을 주셔서 감사합니다. 당신의 거절이 저를 성공의 길로 인도하겠군요."

누구나 거절당합니다. 누구나 거절의 문이 차갑게 쾅 닫히는 경험을 합니다. 그런데 누구는 거기서 포기하고 누구는 거기서 더 강한 인생 내공을 얻습니다.

따뜻한
말 한마디

아파트에 살며 어린아이를 키우는 부모라면 누구나 하루에도 수십 번씩 외치는 말이 있습니다.

"뛰지 마! 살살 걸어! 아래층에서 시끄럽다고 올라온다!"

지인인 정란 씨도 하루에도 몇 번씩 아이들에게 하는 말입니다. 하지만 한창 뛰놀 때의 아이들이 엄마 말을 들을 리가 없습니다.

어느 날, 아이들과 함께 엘리베이터를 타고 내려가는데 아래층에 사는 부부가 탔습니다. 정란 씨는 인사를 하며 평소의 미안함을 죄인 된 심정으로 말했습니다.

"저희 애들 때문에 많이 시끄러우시죠? 정말 죄송합니다."

그러자 부부가 미소를 지으며 말했습니다.

"아유, 별말씀을요. 애들 클 때는 다 그렇죠. 우리 애들은 더 심하게 뛰었어요. 우리가 항상 윗집 아이들은 얌전한 편이라고 그러는

걸요. 저희는 괜찮으니까 괜히 크는 아이들 기죽이지 말고 건강하게 잘 자라게 해주세요."

순간 얼마나 고마웠는지 저절로 고개가 숙여졌습니다. 가끔씩 집 앞에서 만나면 밝게 웃어주고 아이들 머리를 쓰다듬으며 덕담도 해주는 아래층 부부. 그들 덕분에 위층 아이들은 더 밝고 더 환하게 자라고 있습니다.

불편하더라도 타인의 입장을 먼저 살피는 사람, 화가 날 상황인데도 오히려 웃어주는 사람을 만나면 참 행복해집니다.

그래서 마더 테레사 수녀도 이런 말을 남겼지요.

"어떤 사람이든 당신을 만나고 나면 더 나아지고 더 행복해지게 하세요. 당신의 얼굴에, 당신의 눈에, 당신의 미소에, 그리고 당신의 따뜻한 말 한마디에 신의 사랑을 표현하세요."

규칙을 지키는
사람

　제주도 어느 수산회사의 대표는 직원을 뽑을 때 신뢰성을 가장 고려해서 뽑는답니다.

　신입사원 면접이 있는 어느 날, 대표는 3층 집무실에서 우연히 창밖을 내다보고 있었습니다. 그때 버스에서 내려 회사 건물로 걸어오는 응시생들이 보였습니다.

　버스 정류장에서 회사 쪽으로 오려면 횡단보도를 건너야 하는데, 한적한 도로이다 보니 대부분 횡단보도 쪽으로 가지 않고 그냥 무단으로 길을 건너오고 있었습니다.

　그런데 유독 한 사람만 횡단보도 있는 쪽으로 몇십 미터를 걸어서 갔고, 아무도 없었지만 신호를 지켜서 건너왔습니다. 대표는 그 사람을 눈여겨보았다가 재무팀 신입사원으로 뽑았습니다.

　그때 그 선택이 옳았음을 대표는 절감하고 있습니다. 그 직원은 몇 년이 흐른 지금까지 자신이 맡은 일을 아주 성실히 잘해내고 있기 때문입니다.

어떤 상황에서도 정석을 고집하며 원칙을 지키는 사람, 어쩌면 답답하고 미련하게 보일지도 모릅니다. 그러나 규칙은 약속입니다. 아주 작은 규칙이라도 그것을 지키는 사람은 약속을 지킬 준비가 되어 있는 사람입니다.

그 약속이 어떤 것이든 고집스럽게 지킬 줄 아는 사람, 그런 사람에게는 그 어떤 일을 맡겨도 신뢰가 가고 든든합니다.

그럴 수밖에
없는 상황

　라디오 방송작가가 들려준 이야깁니다. 방송하는 동안 온라인 게시판으로 실시간 반응들이 올라옵니다. 그런데 어떤 사람이 똑같은 신청곡을 계속 올리면서 끝에 물음표를 잔뜩 붙이는 것이었습니다.

　그 사람의 글에 짜증이 난 청취자들이 그 사람을 게시판에서 퇴치하자는 글들을 올리기 시작했습니다. 장난을 치냐며 비난하고 낙서장에 낙서나 하라고 비난했습니다.

　제작진은 어쩔 수 없이 똑같은 신청곡에 이상한 문자 기호를 수없이 붙이는 그 사람에게 연락을 해보았습니다.

　그런데 알고 보니 그 사람은 시각 장애인이었습니다. 자원봉사자에게 시각 장애인용 점자 컴퓨터를 배웠는데, 평소 좋아하는 프로그램에 자신도 신청곡을 올리고 싶었다고 했습니다. 처음 배우다 보니 서툴러 자꾸 문자 기호가 들어갔던 것이고, 올리는 방법이 서툴다 보니 여러 번 같은 글이 올라갔던 것이었습니다.

비난하기 전에, 비판하기 전에 그 사람은 지금 어떤 상황일까 헤아려야 합니다. 그럴 수밖에 없는 상황이라는 것도 있으니까요.
《위대한 개츠비》도 이런 구절로 시작되지요.

누구든 남을 비판하고 싶을 때는 언제든지 이것을 기억해라. 이 세상의 모든 사람이 너처럼 유리한 처지에 있지는 못했다는 것을…….

내가 비난하는 그 사람, 내가 비판하고 있는 그 사람은 지금 시련의 골짜기를 힘겹게 지나고 있는지도 모릅니다.

입장료는
귤 열 개

　제주도 출신의 후배 연기자가 있습니다. 그는 종종 고향에 내려가 고향 사람들을 위해 공연을 합니다.

　문화적으로 소외된 곳이나 지역민과 이주민의 소통이 필요한 곳에서 사람 냄새 나는 만남의 자리를 꾸미고 싶다는 그 후배가 공연 티켓을 보냈습니다.

　그 티켓에는 이렇게 쓰여 있었습니다.

　입장료는,

　미깡('귤'의 제주도 사투리) 10개,

　놈삐('무'의 제주도 사투리) 1개,

　아무거나 손에 쥐어지는 대로.

고백하는 방법

조카 효정이의 결혼식에서는 하객 대신 신랑이 신부에게 직접 축가를 불러주었습니다. 결혼식도, 청혼도 하나의 이벤트처럼 즐기는 젊은 사람들, 참 보기 좋습니다.

인터넷에 다양한 프러포즈 방법을 소개하고 있습니다. 그중 몇 가지를 소개합니다.

우선, 현수막 걸기! 상대가 자주 가는 곳에 사랑 고백을 적은 현수막을 내걸면 마음을 확실하게 잡을 수 있다고 하네요.

청혼 이력서를 보내는 방법도 소개되고 있습니다. 정성 들여 이력서를 작성하고, 가장 잘 나온 사진을 붙이고 서명합니다. 건강검진 진단서도 첨부하고, 자기소개서도 간략하게 씁니다. 또 진지함을 더하기 위해서 맨 뒷부분에 '귀사에 입사하기를 희망합니다.'라고 쓰는 부분을 '그대에게 영원히 귀속되기를 희망합니다.'로 바꾸라고 하네요.

그 외에도 라디오 방송으로 고백하는 방법도 있고, 미래에 함께 살게 될 집의 청사진을 제시하는 방법도 있고……. 이제는 연애와 청혼도 하나의 이벤트고 전략인 시대입니다.

사랑을 고백하는 말 한마디도 직접적으로 건네지 못하던 수줍던 시절이 있었죠. 사랑을 고백하는 대신에 "시간 있어요?"라고 고전적인 표현을 하는 사람도 있었고, 괜히 시비 거는 사람도 있었고, 가장 널리 사랑받는, "영화 좋은 거 나왔다는데 같이 보러 가시겠습니까?"라고 묻는 순박한 사람도 있었지요. 이렇게 표현하는 것 말고는 달리 변변한 청혼을 하지 못했습니다.

그러나 요즘은 청혼도, 데이트도, 그리고 힘겨운 입사 경쟁도 놀이처럼, 이벤트처럼 해나가는 청춘들을 보게 됩니다.

경쟁도 당연시하면서 즐기고, 모든 것에 이벤트를 벌이는 것처럼 임하는 청춘들…… 그 즐거운 에너지가 곧 커다란 삶의 저력으로 발산되겠지요.

꽃잎이
밟힐까 봐

벚꽃 잎이 마구 흩날리는 날이었습니다. 유치원에 다니는 아이가 조심조심 발을 내디디며 걷고 있었습니다.

가까이 다가가서 물어봤습니다.

"왜 그렇게 걸어? 뭐 위험한 게 떨어져 있니?"

그 아이가 대답했습니다.

"꽃잎이 내 발에 밟힐 것 같아서요."

개미가 발에 밟힐까 봐 조심조심 걷는 아이도 봤습니다. 비에 젖는 나뭇잎이 불쌍하다고 울상인 아이도 봤습니다.

아주 작은 생명도 소중히 여기는 아이들, 순수하고 사랑스러운 그 아이들의 마음을 닮고 싶은 건 욕심일까요?

내 동생
착해요

지인의 직장에 참 건실하게 일하는 직원이 있습니다. 그는 시각 장애인 형과 둘이 살아가는데, 매일 아침 출근할 때 형을 복지관에 데려다주고 퇴근할 때면 또 복지관으로 가서 형을 데리고 집으로 갑니다.

그날은 어둑해진 퇴근길에 형을 데리러 서둘러 가다가 그만 자전 거를 들이받고 말았습니다. 그 사고로 자전거를 타고 있던 사람이 크게 다쳤습니다.

경찰서에 간 동생은 맨 먼저 형에게 전화를 하게 해달라고 했습 니다. 경찰이 형에게 자초지종을 설명한 후에 동생을 바꿔줬습니 다. 수화기 너머 형의 목소리가 떨리고 있었습니다. 동생은 형을 안 심시키기 위해 말했습니다.

"형, 걱정하지 마. 곧 갈 거야."

그러나 형은 전화를 끊고 동생이 있다는 경찰서로 택시를 타고 달려왔습니다. 앞을 보지 못하는 형은 동생이 어디 있는지 잘 모르는 채로 경찰서 안을 서성거리며 애타게 이 한마디만을 반복했습니다.

　"내 동생 착해요…… 내 동생 착해요…… 내 동생 착해요……."

　온 세상 사람 다 등을 돌린다 해도, 세상 사람이 다 죄인이라 손가락질한다 해도, 설령 그 어떤 죄를 짓게 된다고 해도 믿어주는 단 한 사람. 그에게는 그런 형이 있었습니다.

모두가
사장님

학교 선생님 중에 기술을 좋아해서 자동차 정비 자격증을 딴 선생님이 있습니다. 자동차를 좋아하다 보니 이왕이면 내 자동차 내가 손봐야겠다 해서 배운 것입니다.

그러다가 아예 정비 공장을 차렸습니다. 그곳에서 일하는 사람들은 모두 형편이 곤란해서 야간학교에 다니는 학생들입니다.

그는 학생들에게 이렇게 말했습니다.

"여기서 이익이 나면 다 니들 거야. 그러니까 이 회사 사장은 너희들이야."

그러다 보니 아이들이 성실하게 참 일을 잘했습니다.

아이들은 작은 가게지만 그곳에서 경영 공부도 하고 이익 구조도 알아갑니다. 그리고 나눔이란 게 무엇인지도 알아갑니다.

"너희가 다 사장이니까 사장답게 일해라."

이 한마디 말과 믿어주는 마음이 아이들에게 힘을 주었습니다.

아이들은 졸업하고 나서도 다른 데로 가지 않았습니다. 선생님이 "큰 회사에 취직 안 하냐?"라고 물으면 "내가 사장인데 다른 데 왜 가요?"라고 합니다.

모두가 사장님인, 그야말로 구멍가게였던 그 정비 공장은 그렇게 점점 튼실한 기업이 되어갔습니다.

이렇게
젊은데

친구 현희는 직장에서 눈치가 보인다고 했습니다. 단지 나이가 많다는 이유로 퇴직에 대한 무언의 압력을 느낀다는 것입니다. 가족들이 모인 자리에서 현희가 말했습니다.

"아무래도 나 직장 그만둬야겠어."

그때 대학생 아들이 손거울을 가져와 내밀며 말했습니다.

"엄마, 거울을 봐."

"왜?"

"엄마 얼굴을 보라고."

뜬금없는 아들의 말에 하는 수 없이 손거울을 들여다보았습니다. 아들이 말을 이었습니다.

"이렇게 젊은데…… 그만둬서 되겠어? 일해!"

아들의 말에 모두 웃고 말았습니다. 무거웠던 마음이 거짓말처럼 가벼워졌습니다.

　사실 아직 할 일이 많이 있고 하고 싶은 일도 많이 있다는 현희. 그녀에게 나는 이렇게 말해주었습니다. 기왕 직장에서 버티기로 한 거, 집에다 서른 살은 두고 나가라고. 그러면서 이런 일화를 들려줬습니다.

　어느 장수마을에 사는 100세가 넘으신 어르신에게 어떤 기자가 나이를 물어보았습니다. 그런데 그 할머니가 이렇게 말했다죠.
　"내 나이? 다섯 살밖에 안 먹었어."
　기자가 무슨 말씀이냐고 다시 여쭸더니 "백 살은 무거워서 집에다 두고 다녀." 하시더랍니다.

　나이가 많다는 것은 죄가 아닙니다. 내 친구가 더 당당하게, 더 뜨겁게, 더 힘차게 걸음을 옮겨보길 바랍니다.

울지
않았어요

엘리베이터에 초등학교 1학년 작은 소녀가 타고 있었습니다. 팔에 앙증맞은 밴드를 붙이고 있길래 "이게 뭐야?" 했더니 예방주사를 맞았다고 했습니다. 그리고 덧붙여서 이렇게 말했습니다.

"나 안 울었어요."

예방주사를 맞을 때 울지 않은 자신이 스스로도 아주 자랑스러웠나 봅니다.

그 소녀에 나의 여덟 살 때 모습이 오버랩이 되어 떠올랐습니다. 예방주사를 맞고 집으로 가서 어머니에게 "나 안 울었어요!" 자랑하던 나는 지금 반백의 나이가 되어 있네요.

소녀는 엘리베이터에서 내리자마자 벌써 "엄마!" 하고 부르기 시작합니다. 집으로 달려가 "엄마, 아빠! 나 안 울었어요!"라고 자랑하면 부모는 그 소녀가 얼마나 예쁠까요.

여전히 못나게도 인생의 예방주사를 독하게 맞고 있는 나는, 집 대문을 열고 들어가 엄마 품에 안길 수 있는 그 소녀가 부럽습니다.

"슬퍼할 거 뭐 있어! 하늘 한번 보고 잊어!"

정신 번쩍 들게 꾸중해주실 아버지는 하늘나라에 계시네요.

큰오빠의
결혼식 축가

내 결혼식을 앞두고 큰오빠가 말했습니다.

"정림아, 네 결혼식 축가는 내가 부르고 싶은데 그래도 되겠니?"

큰오빠는 나의 고등학교 은사이기도 합니다. 나이 차이가 많은 오빠라서 친구들은 나의 아버지로 알았습니다.

오빠는 국어를 가르쳤지만 음악 선생님인 줄 아는 학생들도 많았습니다. 공부하다가 지친 학생들에게 노래를 들려주기도 했고, 음악의 기쁨을 자주 알려줬으니까요.

큰오빠가 학생 주임이던 시절에는 나와 바닷가로 학생 순찰을 나가는 것을 좋아했는데, 파도 소리와 함께 어우러지는 큰오빠의 노래는 어떤 유명한 테너의 노래보다 멋졌습니다.

노래 부르기 전에 마이크를 쥔 큰오빠가 말했습니다.

"정림이는 제 동생이지만 저의 제자이기도 합니다. 결혼해서 부산으로 떠나 산다고 하니 오빠로서는 걱정이 많이 됩니다. 그러나 스승으로서는 걱정되지 않습니다. 어떤 어려움이 와도 정림이는 조용히 헤쳐 나갈 것이라는 믿음이 있습니다. 동생이자 제자인 정림이의 결혼 생활이 늘 햇살 같기를 바라는 마음에서 제가 축가를 부르게 해달라고 정림이에게 청했습니다."

그러고는 큰오빠가 노래를 시작했습니다.

오, 맑은 햇빛 너 참 아름답다.
폭풍우 지난 후 너 더욱 찬란해.
시원한 바람 솔솔 불어올 때
하늘에 밝은 해는 비치인다.

1절은 이탈리아어로, 2절은 한국어로 부르자 식장 안에 감동의 물결이 일렁였습니다. 그 후 오랫동안 시댁 친척들을 만날 때면 큰오빠의 축가가 화제였습니다.

세월이 흘러 얼마 전에 큰언니 아들인 봉준이의 결혼식이 있었습니다. 이번에도 큰오빠가 축가를 불렀습니다. 역시 큰오빠가 자청한 것입니다.

큰오빠는 이번에도 마이크를 들어 "내가 축가를 부르게 해달라고 조카에게 청했습니다."라고 말했습니다.

식장 안에 박수가 터져 나왔고, 큰오빠는 〈오 솔레미오〉를 멋지게 불렀습니다.

오빠의 축가를 듣는 동안 나의 눈 밑이 젖어들었습니다. 웨딩드레스를 입고 서서 오빠의 축가를 들으며 바들바들 떨고 서 있던 결혼식 날의 내 모습이 어른거렸습니다.

세월은 가고 인생은 어디로 흘러갈지 모릅니다. 그러나 노래는 그 자리에, 서로 걱정하고 사랑하던 그 마음은 그곳에서 영원합니다. 그러므로 사랑은 추억이 되지 않습니다. 언제나 현실이니까요.

추억의
원고지

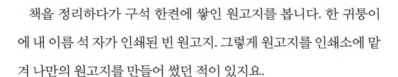

책을 정리하다가 구석 한켠에 쌓인 원고지를 봅니다. 한 귀퉁이에 내 이름 석 자가 인쇄된 빈 원고지. 그렇게 원고지를 인쇄소에 맡겨 나만의 원고지를 만들어 썼던 적이 있지요.

펜을 고정시켜 잡는 가운뎃손가락이 기형이 되도록 쓰고 또 썼던 그 시절에는, 원고지에 쓴 원고를 출판사나 방송사에 넘기는 일도 만만치 않았습니다.

부산에서 교사 생활을 할 때 몇 년 동안 라디오 드라마 작가 일을 병행했습니다. 그때에는 한 달 치 방송 원고를 써서 그 원고지를 보따리에 싸 들고 서울 방송사까지 가져와 전해주곤 했습니다.

학교가 있던 부산 전포동에서 택시로 김해공항까지 가서 비행기를 타고 김포공항까지 갔습니다. 김포공항에 내려서 다시 택시 타고 여의도에 있는 빙송사에 와서 원고 보따리를 PD에게 전해주고는, 부랴부랴 다시 택시를 타고 김포공항으로 가서 비행기를 탔습니다. 그리고 김해공항에 내려 다시 택시로 학교까지 가서 나머지 수업을 하곤 했지요.

작가들과 모여서 그때 이야기를 하다 보니 옛날이야기들이 쏟아져 나왔습니다.

어느 작가는 매일 아침마다 완성된 방송 원고를 옆집 아저씨한테 맡겼다고 했습니다. 방송사 근처의 회사에 다니던 옆집 아저씨가 그 작가의 원고를 들고 가서 방송사 PD에게 전해주고 출근했다는 것입니다.

어떤 작가는 남편이 원고를 들고 가서 대신 전해주기도 했는데, 매번 "원고비 절반은 나 줘야 해. 내가 안 전해주면 방송 못하잖아." 했다고 합니다.

이것은 전해 들은 이야기인데, 황석영 작가는 신문사에 매일 연재하는 원고를 고속버스 정류장에 가서 그날그날 각각 다른 사람에게 맡겼다고 합니다. 그런데 그 어떤 사람에게 맡겨도 그 원고를 한 번도 잃어버린 적이 없었답니다.

지금처럼 원고가 파일에 남아 있는 것도 아니었고, 그 많은 원고를 다 복사해 두는 것도 아니어서 원고를 잃어버리면 영영 복원할 수가 없던 시대였습니다. 그래도 사람을 믿고 사람에게 전해도 아무런 탈이 없이 굴러갔습니다.

아무리 많은 분량의 원고도 메일에 첨부해서 '보내기'를 클릭만 하면 상대방에게 날아가는 시대, 참 편해진 세상입니다.

그런데 밤새 쓴 원고를 타인에게 맡기며 누구누구한테 전해달라고 해도 아무 탈이 없던 그 시대가 그리워지는 건 왜일까요.

지휘자를 구한
시민

대구 시민회관 그랜드콘서트홀에서 '브람스를 아시나요'를 주제로 대구시립교향악단의 제415회 정기연주회 무대가 열렸습니다.

대구시향의 지휘자 겸 음악 감독으로 취임한 줄리언 코바체프는 불가리아 출신의 지휘자인데, 그 유명한 카라얀의 제자이기도 하답니다.

브람스의 〈바이올린 협주곡〉과 〈교향곡 제1번〉을 연주하고 앙코르 곡으로 엘가의 〈사랑의 인사〉를 연주하기 시작했습니다. 그런데 줄리언 코바체프가 지휘 도중에 심장마비로 갑자기 쓰러지고 말았습니다.

그때 청중으로 와 있던 여러 명의 의사가 무대로 뛰어올라 갔고 심폐소생술을 했습니다. 그리고 역시 청중으로 와 있던 소방관이 시민회관 내에 있던 자동제세동기로 응급조치를 했습니다.

그사이 119 구급대가 도착했고, 코바체프를 경북대병원으로 급히 후송했다고 하죠.

목숨을 구하고 건강을 회복한 코바체프, 그는 대구 시민들이 아니었으면 목숨을 잃었을 것이라고 하며 깊은 감사의 표시를 했다고 합니다.

의사와 간호사는, 그리고 소방관은 참 멋진 직업이라는 생각이 들었습니다. 목숨을 구하는 직업이니 직업이 아니라 소명인지도 모르겠습니다.

어머니는
작은 하느님

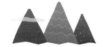

　우리나라의 한 종합병원 이사장에게는 당당하게 살았던 어머니
가 있었습니다.

　아버지는 방랑벽이 있어서 집을 나가 살면서 1년에 한두 번 집에
올까 말까 했습니다. 그러나 어머니는 남편이 집에 들어오든 말든,
자기 삶을 소중히 했습니다.

　시어머니가 논에 참새 쫓으러 나갔다가 벼이삭에 눈이 찔려 실명
이 되고 말았습니다. 그런 시어머니도 살뜰히 모셨습니다.

　밥 먹을 때에도 앞에 턱받이를 늘 깨끗이 해서 매주고 옷도 늘 빨
아서 새로 깨끗이 입혀드렸습니다. 그리고 우체국이라도 갈 때는
곱게 차려입은 시어머니 손을 잡고 나들이 가듯 걸어갔습니다.

　그녀의 자식들은 어머니의 효심을 보고 배워 대학 다닐 때까지도
눈이 안 보이는 할머니를 업고 다녔습니다.

농사를 많이 지어서 늘 곡식이 풍족한 집이었습니다. 어머니는 동냥하러 오는 사람들에게 밥을 주면서 대신 일을 시켰습니다. 마당을 쓸게 하고 장작도 패게 하고 땔감도 정리하게 했습니다. 그런 후에는 한 상 떡 벌어지게 차려주었습니다.

집 나간 남편을 고삐에 묶어 집에 있게 할 수는 없으니 나라도 잘 살아야겠다는 그 당당함이 딸에게 이어졌던 것일까요?

그녀의 딸은 종합병원 이사장이 되어 사회에 공헌하고 기부로 어려운 사람들도 도우며 살아갑니다. 어머니의 당당함이 딸을 큰 인물로 키운 것입니다.

칼릴 지브란도 말했지요.

"어머니는 모든 것이다. 슬픔 속의 위안이며, 불행 속의 희망이고, 나약함 속의 힘, 그것이다. 어머니는 사랑과 자비, 동정과 용서의 뿌리다."

어머니라는 존재는 이 세상을 이끄는, 부드러우면서도 막강한 힘입니다.

더 단정하게,
더 든든하게

　대학 시절 작은오빠는 서울에서 식기 사업을 했습니다. 사업이 아주 잘되어 공장을 크게 짓고 점점 사세 확장을 해나갔습니다. 그 시절에 오빠의 기사가 자가용으로 나를 학교에 데려다줄 정도였습니다.

　그런데 오빠의 공장에 불이 났고 엎친 데 덮친 격으로 동업자의 배신과 지나친 사세 확장 등으로 오빠의 사업이 난관에 부딪쳤습니다. 여러 가지 노력을 해봤지만 결국 오빠는 사업을 접을 수밖에 없었습니다. 자존심 강한 오빠는 거의 폐인처럼 집에 틀어박혀 지냈습니다.

　그때 어머니가 오빠의 집을 방문했습니다. 수염이 덥수룩하게 자라난 아들을 본 어머니의 마음이 어떠했을까요? 어머니는 오빠에게 말했습니다.

"이발을 해라. 이발을 하면 세상이 달라질 거야."

이발 값이 없어서 못 하는 줄 알고 돈을 쥐여주며 이발하라는 어머니. 앞장서서 가는 어머니를 따라 오빠는 이발소로 갔습니다. 머리와 수염을 깎고 나니 이번에는 어머니가 식당으로 오빠를 데려갔습니다. 설렁탕 한 그릇을 시켜놓고 아들에게 숟가락을 쥐여주는 어머니. 어머니의 눈물이 보기 싫어서 오빠는 억지로 밥을 먹었습니다.

그런데 식당을 나오니 거짓말처럼 기운이 났습니다. 새로 시작하고 싶은 의지가 생겼습니다. 오빠는 밑바닥부터 다시 시작하자고 마음을 먹었고, 고향에 내려가 식당을 열어 재기에 성공했습니다.

《링컨의 일생》이란 책을 보면 이런 구절이 나옵니다.

나는 낙선했다는 이야기를 듣고 곧바로 음식점으로 달려갔다. 그러고는 배가 부를 정도로 많이 먹었다. 그다음 이발소로 가서 머리를 곱게 다듬고 기름도 듬뿍 발랐다. 이제 아무도 나를 실패한 사람으로 보지 않을 것이다. 왜냐하면 난 이제 곧바로 또 시작을 했기 때문이다. 배가 든든하고 머리가 단정하니 내 걸음걸이가 곧을 것이고 내 목에서 나오는 목소리는 힘이

찰 것이다. 이제 나는 또 시작한다. 내 스스로 다짐한다.

다시 힘을 내자, 에이브러햄 링컨!

실패의 순간은 누구에게나 올 수 있습니다. 그때 링컨이 한 대로, 그리고 오빠가 한 대로 더 단정하게 몸을 가꾸고 더 든든하게 식사를 해볼 것을 권합니다.

기적 같은
행운

보고 싶은 어떤 사람이 있었습니다. 오늘 길을 나서면 혹시 그 사람을 보게 될까 늘 기대를 갖고 집을 나섰습니다.

"오늘은 아니구나. 내일을 기대해야지."

새롭게 하루가 시작되면 또 혹시 오늘은 만날까 기대하고, 만날 것을 염두에 둔 복장으로 길을 나섰습니다. 그러나 오늘도 역시 기대감은 그리움으로 저장이 되었습니다.

그리운 사람을 가슴에 두고 있다면 같은 하늘 아래 살고 있다는 그 존재감으로도 설레지만, 그것이 오래 반복되면 그리움은 습관이 됩니다.

그러던 어느 날, 그리운 사람을 만납니다. 같이 한자리에 서 있다는 사실만으로, 같이 시선을 마주할 수 있다는 사실만으로 두 사람은 참 기쁩니다.

한동안 서로 연락을 두절하고 살아야 했던 연인은 요즘 문득문득 이런 문자를 주고받는다고 합니다.

"당신과 연락이 되는 게 믿을 수 없을 만큼 기쁩니다."

서로 연락이 닿을 수 있는 기쁨…… 서로 소통이 되는 기적…… 서로 만날 수 있는 설렘…….

우리가 함께한다는 사실, 그것은 그렇게 믿을 수 없을 만큼의 기적이고 행운입니다.

헛되지
않은 인생

영화 〈인디언 썸머〉를 보니 사람이 죽으면 천국으로 가기 전에 들르는 곳이 있다고 합니다. 자기가 살았던 기억 중 한 가지를 선택해서 거기에 잠깐 머물 수 있게 한다는 것입니다.

세상에서의 한 가지 기억 속으로 잠깐 갈 수 있게 한다면, 나는 어떤 기억 속으로 가고 싶을까 꼽아봅니다.

세월은 가지만 그 시간 속의 나는 거기 있습니다. 참 많은 시간들을 건너왔습니다. 그 속에서 울기도 하고, 웃기도 하고, 즐거워하기도 하고, 고통스러워하기도 했습니다. 분노하기도 하고, 용서하기도 하고, 사랑하기도 하고, 미워하기도 했습니다.

그런데 돌아가고 싶은 순간은 그 어떤 성취의 순간도, 도취의 순간도 아닙니다.

　바닷가 모래밭을 아이와 함께 걸어가던 순간, 아기를 목욕시키고 나서 파우더를 발라주던 순간, 아이의 간식을 만들던 시간, 어머니와 함께 양산을 쓰고 집으로 걸어가던 순간, 아버지와 영화를 보던 순간, 세 자매가 깔깔 웃으며 동네에서 뛰어놀던 순간, 그런 순간으로 돌아가고 싶습니다.

　사랑하느라 고생하는 것이 인생이라지요. 사랑하느라 고생해 왔으니 내 인생 헛되지 않네요.

　나로 하여금 사랑하게 해준 당신, 나를 사랑해준 당신, 정말 고맙습니다.

행복한
사람

영국의 어느 작가는 미국 서남부에 위치한 그랜드 캐니언이 지금 거기 있다는 생각만 해도 가슴이 떨린다고 했습니다.

프랑스의 작가이자 사상가인 시몬 보부아르는 《보바리 부인》을 쓴 작가 귀스타브 플로베르와 같은 시대를 살았다는 것만으로 행복하다고 했죠.

나 역시 그와 한 시대를 같이 살고 있다는 것만으로 가슴이 설렙니다. 추억이 있는 그곳이 거기에 있다는 사실만으로 가슴이 떨립니다.

그러니 나는 누가 뭐래도 행복한 사람입니다.

내조의
스타일

    미국 영부인 미셸 오바마는 쿨하고 센스 있게 내조하기로 유명합니다. 오바마가 후보 시절 기조연설을 할 때 너무 떨려서 가슴이 막혀버릴 것 같다고 하자, 미셸 오바마가 남편을 꼭 껴안아주고는 시선을 마주치며 이렇게 말했다고 하죠.

    "망치지나 마셔, 이 친구야!"

    오바마는 그때 웃음이 터지면서 긴장이 단번에 풀렸다고 회고했습니다.

    미셸은 결혼을 앞둔 여성들에게 언제나 말합니다. '자신이 먼저'라고. 자신을 잘 챙기는 게 진정한 내조요, 육아법이라는 것입니다.

    미셸 역시 바쁜 남편 때문에 위기를 맞은 적도 있었다고 합니다.

    첫째 아이에 이어 둘째를 낳았을 때, 둘째가 새벽에 젖을 달라고 보채자 갑자기 화가 나더랍니다. 남편의 도움 없이 혼자 애를 키운다는 게 짜증이 났던 것이죠.

그때 미셸이 선택한 것은, 새벽 4시 반에 헬스클럽을 가는 것이었습니다. 자신의 건강을 위해서이기도 했지만 남편과 애들만 집에 있는 시간을 만든 것입니다.

아내, 그리고 엄마의 자리에서 그녀가 실행한 이 두 가지가 참 멋있게 느껴집니다.

의연함! 그리고 당당함!

참 아름다운
손

　양로원 봉사를 하는 친구는 노인들의 손톱을 깎아줄 때마다 이렇게 말합니다.

　"어머나, 손이 어쩜 이렇게 고우세요?"

　노인들은 부끄러워하면서도 좋아합니다.

　자식 키우고 어려운 시대를 건너오느라 거칠고 주름진 손, 손톱마저 너무 두꺼워져 손톱깎이가 들어가지 않는 손, 손톱이 살갗을 파고들어 도저히 깎을 수가 없는 손도 있습니다. 그들의 손을 만지면 뭉클해집니다.

　사진기자가 여기저기 다니면서 손들만 찍은 사진이 누리꾼들의 시선을 끌었습니다.

　실의에 빠졌을 때 잡아주는 손, 거친 어머니 손, 손톱마다 흙이 스며든 농부의 손…….

저마다의 손을 보니 손에도 표정이 있고 삶이 스며 있다는 것을
알게 되었습니다.

김현승 시인은 〈인생을 말하라면〉이라는 시에서 이렇게 말하고
있죠.

인생을 말하라면 모래 위에
손가락으로 부귀를 쓰는
사람도 있지만

인생을 말하라면 팔을 들어
한 조각 저 구름 뜬 흰 구름을
가리키는 사람도 있지만

(중략)

인생을 말하라면 나와 내 입은
두 손을 내밀어 보인다.

그 어떤 말로도 설명할 수 없는 인생의 진리, 바로 우리 손 안에
있는 건 아닐까요?

하루 종일 누군가를 위해 수고를 다하는 손, 하루 종일 보다 나은 삶을 위해 노력을 다하는 손, 그렇게 땀에 젖은 거친 손이야말로 세상을 가장 감동시키는 것이고, 인생을 가장 잘 설명할 수 있는 것인지도 모릅니다.

지금 이 순간 가족을 위해 밥을 짓는 손, 컴퓨터 자판을 두드리고 책장을 넘기는 손, 받는 손이 아니라 주는 손, 주먹 쥔 손이 아니라 흔들어주는 손, 때리는 손이 아니라 남의 등을 두드려주는 손, 손가락질하는 손이 아니라 보듬어주는 손……

바로 그 손이 당신의 아름다운 인생, 그것입니다.

손짓 하나에 인생이 있습니다. 손짓 하나에 우주가 다 들어 있습니다.

차를 타고 출발할 때 한자리에 서서 힘껏 흔들어주는 당신의 손, 불쑥 찾아가도 어서 오라고 반겨주는 당신의 손, 어깨가 축 처져 있을 때 다 괜찮다고 토닥여주는 당신의 손……

당신의 손짓 하나에 지구가 환해졌습니다.

고운 길을 닦는
사람들의 감동 에세이

참 좋은 당신을
만났습니다 네 번째

초판 1쇄 발행 2015년 9월 19일
초판 4쇄 발행 2018년 4월 23일

지은이 | 송정림
그린이 | 정마린
펴낸이 | 한순 이희섭
펴낸곳 | (주) 도서출판 나무생각
편집 | 양미애 조예은
디자인 | 오은영
마케팅 | 이재석
출판등록 | 1999년 8월 19일 제1999-000112호
주소 | 서울특별시 마포구 월드컵로 70-4(서교동) 1F
전화 | 02)334-3339, 3308, 3361
팩스 | 02)334-3318
이메일 | tree3339@hanmail.net
홈페이지 | www.namubook.co.kr
트위터 ID | @namubook

ISBN 979-11-86688-07-6 03810

값은 뒤표지에 있습니다.
잘못된 책은 바꿔 드립니다.

국립중앙도서관 출판예정도서목록(CIP)

참 좋은 당신을 만났습니다. 네 번째, 고운 길을 닦는
사람들의 감동 에세이 / 지은이: 송정림. ―― 서울 : 나
무생각, 2015
    p. ;   cm

ISBN 979-11-86688-07-6 03810 : ₩13800

수기(글)[手記]

818-KDC6
895.785-DDC23   CIP2015024348